楊君潛著

讀書絕句三百首

蔡鼎新題

君潛師讀書絕句三百首頌

大師妙有生花筆
華夏偉人贊馥芬
激浪崩雲懷磊落
柳園苦局志耕耘
讀書絕句成三百
典籍名篇熟萬分
唐宋清才今世少
詩宗風格獨超群

末学 劉緯世恭撰

一〇二年双十節

满腹经纶羽翼灵
神来笔下蕴风云
诗吟三百读书感
尽是惊天动地文

灵潜词长读书绝句三百首
付梓志庆

邱柏宣现秋献句
時年九十有二

柳公社長讀書絕句三百首付梓誌感

巍巍中華民族史，皇皇炎黃子孫論。
明公讀書破萬卷，生花妙筆如有神。
經史子集各系類，三百三十二首中。
引經據典放異彩，戛玉敲金句絕倫。
宏揚文化垂千古，歷代史籍與名人。
意義深長具教化，斑斕璀璨獨存珍。
字字珠璣才華茂，篇篇瑤章續陽春。
著書立說濟今世，傳頌久遠日常新。

歷史文學孫紹誠獻句

讀書絕句三百首序

古人云：學詩先要能讀詩。所謂「能讀」，就是要用心探索前人詩作，明其旨趣，闡其幽閟，剖析其蘊涵，體悟其要眇。尤應分解用詞用字技巧之運用，斯可謂能讀矣。倘珠玉當前，輕易放過，空耗心力，則徒讀書耳。觀乎楊君潛詩家大著《讀書絕句三百首》，其題名冠以「讀書」二字，正因能讀書，擷取前人精華，淬鍊自己功夫，成此巨鑄，嘉惠後學，誠難能也。五年前，余幸睹印本，雒誦不輟，其溫柔敦厚之旨備矣。歆羨之餘，曾以五言古風一篇爲頌。茲將付梓屬序，媿乏好辭，爰以舊作代序，不文之愆，乞恕焉。

今古三百篇。媲美映後先。闡揚六經旨。探索及諸子。史傳鉤勒求。撏撦類校讎。

賞奇窮剖析。諟正忘形役。飽讀百家詩。漢魏唐宋詞。褒貶不少讓。評騭皆至當。

詳注不辭煩。求備溯其源。既須翻萬卷。尤宜誦千徧。鎔裁善取精。涵濡乃用宏。

胸次羅珠玉。毫端掃流俗。爬梳幾多時。膏夕繼晨曦。成此何容易。貴在堅其志。
絕句易難工。唯君獨奏功。苦心啓後賢。句句皆自然。環顧今少有。問誰繼其後。

晚學齋主  敬序

自序

是書係就經、史、子、集，各系兩韻，故名之曰《讀書絕句》。實三百三十二首，云三百者，總數言之也。大抵各家系一首，間若《易》、莊子、王維、李白、杜甫及蘇軾等，則因其人其書素所愛讀，故多作一首。袁隨園云：「讀史書無新義，便成廿一史彈詞。」然則，議論古人、古籍，茲事體大，余何人，焉敢措一詞，故請出囊哲爲余背書，庶免河漢之譏。隨園又曰：絕句之難，甚於古風。非子才之擅作絕句，不足以言此。蓋絕句雖寥寥二三十字，欲得其三昧，往往使人窮畢生之力，猶不能竟其功。先府君嘗爲余言：「絕句易作難工。」時余方幼，罔知其訓，於今思之，實寓誡忽之意。坡公詩曰：「人生到處知何似？應似飛鴻踏雪泥。泥上偶然留指爪，鴻飛那復計東西。」讀之深有所契，乃作是書。惟因寫作期間，前後只幾個月，藐忽若此，實有忝於所生。更兼才迂學淺，欲求免於疏誤，其可得耶？雖然，苟遂於所涉之籍，留一泥爪，於願足矣，工拙豈敢計哉？至祈 騷壇大老、藝苑先進，不吝教正爲幸。

此稿原綴於二〇〇九年，脫稿之初，同好競相鈔誦。詩老文華等於是催促付梓，以回饋許多愛好者，乃遵囑辦理。辱承晚學齋主蔡鼎新先生題耑並贈序，劉緯世先生、賓碧秋先生、暨孫紹誠先生等諸前輩，惠予題詞，併此誌謝。

柳園 楊君潛 謹識

歲次癸巳（二〇一三）桂月於停雲閣寓所

讀書絕句三百首目錄

讀《易》二首

鳶飛魚躍自相宜，月旦升沉實相皮。《既濟》於余甯《未濟》，箇中微意老纔知。

其二

《損》《益》龜占《夬》荐臻，惡盈天道儆蒸民。腐貪知伯成何事？祧圮身亡喟嘆頻！

讀《詩經》

一唱三嘆十五風，更憐雅頌句玲瓏。興觀群怨生心上，聖哲徽音入耳中。

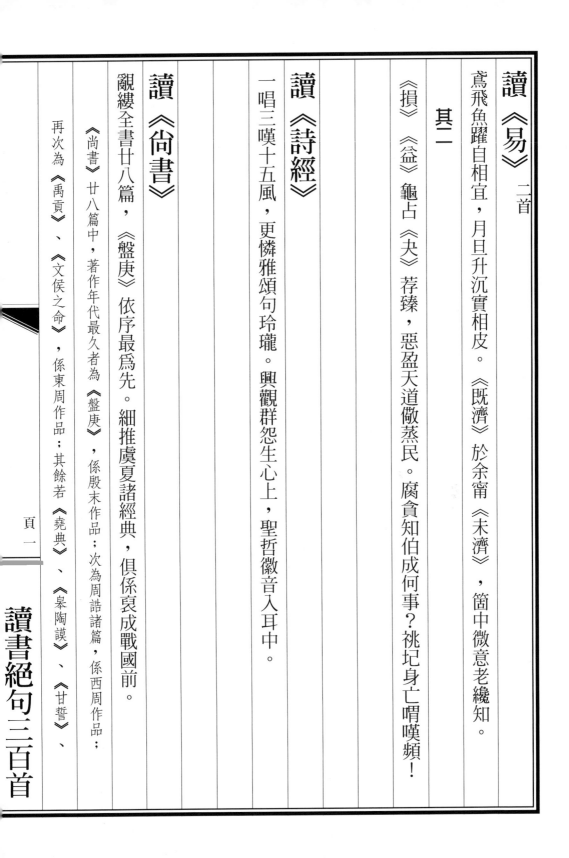

讀《尚書》

覶縷全書廿八篇，《盤庚》依序最爲先。細推虞夏諸經典，俱係裒成戰國前。

《尚書》廿八篇中，著作年代最久者為《盤庚》，係殷末作品；次為周誥諸篇，係西周作品；再次為《禹貢》、《文侯之命》，係東周作品；其餘若《堯典》、《皋陶謨》、《甘誓》、

《湯誓》、《高宗肜日》、《西伯戡黎》、《微子》、《牧誓》、《洪範》、《金滕》、《費誓》及《秦誓》等，俱係春秋戰國作品，且以後者居多。

讀《禮記》

千秋注疏推雙絕，三國而還始獨尊。講究爲人儀與義，立身端賴此書存。

一　鄭玄注《禮記》，全部字數，比本文僅多千餘字，即言簡意賅，是為一絕；孔穎達編《禮記正義》，卻用最詳細之語句，為鄭注作說明，又是一絕，合稱雙絕。

二　西漢講《儀禮》，東漢講《周禮》，三國以後才講《禮記》，即《小戴禮記》。

讀《儀禮》

冠、婚、喪、祭旨辭淵，射、聘、鄉、朝體制全。禮不相沿彝訓在，退之何事惜戔戔？

一　《禮記．樂記》：「五帝殊時，不相沿樂；三王異世，不相襲禮。」

二 《朱子語錄》：「禮，時為大。必不一切從古之禮，……若必欲如古人衣服冠履之纖細必備，其勢也行不得。」

三 韓愈《讀儀禮》：「於是，剟其大要，奇辭奧旨，著于篇，學者可觀焉。」方苞於是亦作《讀儀禮》以質之曰：「吾知周公而生秦、漢以降，其用此心有變通矣。……獨是韓子乃分剟而別著為篇，則非吾之所能知之矣。」

讀《周禮》

周官編制見斯書，六服千秋訓迪餘。纘緒地天參化育，晶瑩依舊似璠璵。

讀《大戴禮》

小戴相權末逕庭，而今吉羽半凋零。只因弗遇青雲士，坐使黌門不列經。

一 鄭玄《六藝論》：「今禮行於世者，戴德、戴聖之學也。德傳記八十五篇，則《大戴禮》

是也。」惟《大戴禮》在隋、唐之際，已是若存若亡，今存四十篇。

二　《小戴禮記》經馬融、盧植、鄭玄注後，又經孔穎達作《正義》，聲價大增，唐時與《儀禮》、《周禮》並稱三禮，並為九經之一；宋亦列十三經之一。其實，《小戴禮記》與《大戴禮記》，裏面相同也有，相異也不少，可說各擅勝場。只因不遇青雲之士（如鄭玄等）為其頌揚，致一蹶不振。唐以前只有南朝梁崔靈恩，和北朝周盧辯為其注疏，至宋朱熹再為其箋注，始價重儒林，繼之注者亦多。

讀《左傳》

句句甘醇堪下酒，果真杜預不吾欺。心潮澎湃難消息，齒頰留香祇自知。

讀《公羊傳》

竹帛平分著胡母，《春秋》大義釋公羊。漢皇治國爲圭臬，賞罰森嚴儼似霜。

一　《公羊傳》係漢景帝時，公羊壽與胡毋生共同著于竹帛。闡釋《春秋》微言大義，是其所長。董仲舒更演《春秋繁露》，作為漢朝治國準繩，儼如憲法。

二　《穀梁傳》體裁與《公羊傳》相似，俱係闡釋《春秋》大義，惟因作者穀梁赤，係子夏弟子，故文學素養深厚。東晉范寧對其評價是「清而婉」，是三傳中文辭最清麗者。

三　《左傳》多用事實解釋《春秋》，故其長在史。惟內中有經無傳，或有傳無經者所在多有。李宗侗教授說：「《春秋》與《左傳》是兩部書。」堪稱善於發凡。

四　鄭玄說：「左氏善於禮，公羊善於讖，穀梁善於經。」評騭春秋三傳，殆無人能出其右。

讀《穀梁傳》

學承子夏才無忝，志秉宣尼重貶褒。大筆如椽來有自，文辭郁郁獨稱高。

讀《論語》

德、政、文、言聖教賒，恕忠仁義顯儒家。修齊治國平天下，游、宓牛刀試不差。

讀《孟子》

一自其兄國篡齊，於陵仲子祿羞齎。伯夷餓死成何說？千載酸辛泣聖詆。

讀《孝經》

天經地義盡包函，治國修身作指南。句句金言出尼父，迴諷彌覺聖恩覃。

讀《爾雅》

訓經詁義最權威，尚與詞人助博依。分類編排成典範，堪稱字字盡珠璣。

讀《孔子家語》

舜堯有善盡歸焉，《家語》裒成想亦然。欲味醇醇惟《魯論》，是穿是鑿自衡權。

介葛盧

東夷介子會牛鳴，愬彼三兒作禮牲。悟徹莊周《齊物論》，等閒識得惜生生。

一　《左傳．僖公二十九年》：「介葛盧聞牛鳴曰：『是生三犧皆用之矣，其音云。』問之而信。」

二　《莊子．齊物論》郭象注：「夫自是而非彼，美己而惡人，物莫不皆然。然，故是非雖異，而彼我均也。」

介之推

從亡割股以嘗君，返國如何未策勳？遁隱綿山不言祿，漫勞尋覓已身焚。

《左傳．僖公二十四年》：「晉侯賞從亡者，介之推不言祿，祿亦弗及。……遂隱而死。晉侯求之不獲，以綿上為之田，曰：『以志吾過，且旌善人。』」

伍員

吹簫吳市出昭關，破楚興吳歷苦艱。至竟白公難並論，心懷大欲不能刪。

《史記．伍子胥列傳》：「太史公曰：『怨毒之於人甚矣哉！向令伍子胥從奢死，何異螻蟻？棄小義，雪大恥，名垂於後世，悲夫！方子胥窘於江上，道乞食，志豈嘗須臾忘郢邪？故隱忍就功名，非烈丈夫孰能致此哉？白公如不自立為君，其功謀亦不可勝道者哉！』」

墨子

倡言兼愛道扶衰，摩頂提攜禽滑釐。是是非非惟孟子，亦褒亦貶了無私。

一　梁啟超說：「墨學所標綱領，雖有十條，其實只從一個根本觀念出來，就是兼愛。」

二　李漁叔說：「孟子生平闢墨最烈，而其批評墨子：『摩頂放踵，利天下而為之。』則可算得十分知己之談。」

惠施

五車書早散無遺，片語居然富若斯。尺捶千年分不竭，即今猶足發深思。

《莊子・天下篇》引惠子之言曰：「一尺之捶，日取其半，萬世不竭。」司馬彪註曰：「若可析，則常有兩；若其不可析，其一常存。」富哉言乎！

公孫龍

惠施道合並名家，稷下揚揚「白馬」誇。譽毀詎知千載後，或爲覆瓿或籠紗。

商鞅

力農務戰策秦廷，變法維新挾峻刑。箝制六淫民貴爵，霸圖基奠史留馨。

商鞅說秦孝公曰：民之欲有六淫：心淫於生死；耳淫於聲；目淫於色；口淫於味；鼻淫於臭。是故，力農則民富；民富則納粟以任爵。如此則民富變為國富。民富一去，自然不淫。貴爵觀念一旦形成，作戰之時，加之以祿賞，制之以峻刑，則人人爭先，戰無不勝，攻無不克。

韓非子

始皇恨不與同遊，比晤翻成階下囚。凌慎、商、申成集大，名垂宇宙復何求？

一　《史記．老子韓非列傳》：「秦王見《孤憤》、《五蠹》之書曰：『嗟乎！寡人得見此人，與之遊，死不恨矣！』」比見面，李斯、姚賈忌才害之，囚獄中。

二　先秦法家，慎到重勢、商鞅重法、申不害重術，韓非集三家之大成。

漢高祖

過沛興懷賦《大風》，用詞質樸氣豪雄。古今英主誰能匹？率爾高歌即至工。

陳巖肖《庚溪詩話》：「漢高帝大風歌，不事華藻，而氣概遠大，真英主也。至武帝秋風辭，言固雄偉，而終有感慨之語，故其末年，幾至於變。魏武、魏文父子，橫槊賦詩，雖遒壯抑揚而乏帝王之度。六朝以後，人主言非不工，而纖麗不逞，無足言也。」

項羽

身陷重圍慷慨歌，力能扛鼎奈時何！憐渠有土如匏繫，恨飲東城肇自多。

《史記．項羽本紀》：「項羽自矜功伐，奮其私智而不師古，謂霸王之業，欲以力征經營天下，五年卒亡其國，身死東城，尚不覺寤而不自責，過矣。乃引『天亡我，非用兵之罪也。』豈不謬哉！」

董仲舒

對策尊儒黜百家，著成《繁露》筆生花。陰陽格致推元祖，孔孟而還不復加。

《漢書．五行志》：「景、武之世，董仲舒治《公羊春秋》，始推陰陽，為儒者宗。」

李廣

肯令胡馬度陰山，鼠竄匈奴盡慘顏。底事必誅霸陵尉？吁嗟大德竟踰閑。

《史記．李將軍列傳》：「廣嘗夜從一騎出，從人田間飲。還至霸陵亭，霸陵尉醉，呵止廣。廣騎曰：『故李將軍。』尉曰：『今將軍尚不得夜行，何乃故也！』止廣宿亭下。居無何，匈奴入殺遼西太守，敗韓將軍，後韓將軍徙右北平。於是天子乃召拜廣為右北平太守。廣即請霸陵尉與俱，至軍而斬之。」

李陵

擊胡聲震浚稽山，兵盡權降歷苦艱。聖主信讒親受戮，空令立政示刀環。

《漢書・李陵傳》：「昭帝立，遣陵故人隴西任立政等三人，俱至匈奴招陵。立政等見陵，未得私語，即目視陵，而數數自循其刀環。……立政謂陵曰：『亦有意乎？』陵曰：『丈夫不能再辱。』」

蘇武

奉使丁年皓首歸，郭城如故友親非。與陵詩並五言祖，稍慰河梁淚濕衣！

釋皎然《詩式》：「五言成篇，始於李陵、蘇武二子。天與其性，發言自高。」

讀《韓詩外傳》

授經亹亹忖爲詩，揭義還驚萃麗辭。劫歷紅羊亡《內傳》，不教並轡道扶衰。

漢文帝時，燕人韓嬰，傳授《詩經》，並作《內傳》，以訓詁經義；別作《外傳》，以忖度作者創作之意。內外傳到唐代還存在，北宋以後，《內傳》亡佚了，到現在只剩《外傳》。

讀劉向《說苑》、《新序》

治平有策史爲徵，老去丹心繫廢興。盡瘁裒成書兩部，難賒外戚日憑陵。

漢成帝時，外戚專政，劉向知必危及劉氏。果然，在其死後十三年，王莽即篡漢。

讀《列女傳》、《續列女傳》

孽嬖司權國本搖，牝雞當令猛於梟。母儀節義爲明鏡，美刺連篇諫聖朝。

《列女傳》劉向作；《續列女傳》未書作者姓名，或曰班昭作。漢成帝立趙飛燕為皇后，其娣為昭儀，廢許皇后為美人，繼而殺之。姊娣專寵，嬌媚不遜。後宮有子者，盡遭殺害，使成帝無嗣。劉向係楚元王劉交後裔，憂心如焚，乃作《列女傳》以諷諫之；《續列女傳》亦沿《列女傳》詞旨而作。

讀劉劭《人物志》

驗情辨性愼偏頗，衡德量材詆有訛。《七繆》《九徵》言中軌，百家精粹畢蒐羅。

《四庫全書．人物志提要》將其歸于子部、雜家。按所謂雜家，據《漢書．藝文志》云：「雜家者流，蓋出於議官，兼儒、墨，合名、法。知國體之有此，見王治之無不貫，此其所長也。」

荀子

理念殊輌性惡論，羝羊偏觸趙家藩。蘭陵造就千秋業，廢置還應謝李園。

荀子雖是儒家，但他與孔、孟在理念上還是有差別。孔子主張法天，他認為天是無可取法的；孟子倡言性善，他主張性惡。宋代學者推重孟子，他因主張性惡而受抨擊，故讀者絕少。他去齊遊楚，楚相春申君以他為蘭陵令。十年後，春申君被李園所殺，他亦被廢。遂專心講學著述，造就千秋大業。

讀《太公六韜》

虎豹犬龍如翼添，彭彭騵駟紀森嚴。六韜藉作牛刀試，百萬殷軍一舉殲。

太公六韜，包括：文韜、武韜、龍韜、虎韜、豹韜、犬韜。中國歷史上用駟馬駢駕作戰，自太公始。故周師三十萬，摧殷師七十萬（詩云「百萬」係就整數言。）若振槁然。《詩・大雅・文王之什》：「牧野洋洋，檀車煌煌，駟騵彭彭。維師尚父，時維鷹揚，涼彼武王。肆伐大商，會朝清明。」就是真實描述牧野之戰。

孫子

惟聖惟能自踐形，威齊破楚顯吳廷。論功不受飄然去，留取兵書照汗青。

一　《東周列國志》載：「吳王闔廬，論破楚之功，以孫武為首。孫武不願居功，固請還山。王使伍員留之，武私謂員曰：『子知天道乎？暑往則寒來，春還即秋至。王恃其強盛，驕樂必生。夫功成不退，將有後患。吾非徒自全，並欲全子。』員不謂然。武遂飄然而去。贈以金帛數車，俱沿路散於百姓之貧者，後不知所終。」

二　《孫子十三篇》或名《孫子兵法》，為我國最偉大軍事學著作，奕世尊之謂《武經》。不寧惟是，日本漢學家平山潛《孫子折衷》云：「夫孔子者儒聖也；孫子者兵聖也。天不生孔子，則斯文之統以墜；天不生孫子，則戡亂之武曷張？故文武並立，則天地之道始全焉。」其推譽如此。

吳子

指揮若定震殽函，一去西河魏土劖。相楚功成卒於亂，英雄甯不畏譏讒？

吳起初為魯將，為魯破齊。繼為魏將，拔秦瀕西河五城，東克中山，南敗強楚，威震天下，與孫子並稱為我國第一流名將。然而命運坎坷，仕魏則受王錯之譖；仕楚，悼王以為令尹，文治武功顯赫，諸侯皆患楚之強盛。悼王卒，貴戚大臣圍攻而死於亂。

讀《司馬法》

周、呂修成《司馬法》，不虞之譽到穰苴。昌言治國平天下，拔萃兵家七部書。

一　劉仲平《司馬法今註今譯》：「司馬法這本書，就是『治國平天下』的書。」又說：「《司馬法》原作是姜太公與周公；追述成書為齊威王諸大夫。」

二　《史記・司馬穰苴傳》：「齊威王使大夫追論古者司馬兵法，而附穰苴於其中，因號《司馬穰苴兵法》。」因這一說，隋、唐諸志都誤以為係司馬穰苴撰。孟子曰：「有不虞之譽」，其斯之謂乎？

三　宋元豐中，以《孫子》、《吳子》、《太公六韜》、《司馬法》、《尉繚子》、《黃石公三略》及《唐太宗李衛公問對》頒行武學，號曰：「武經七書」。

尉繚子

論兵近正恤民胞，視彼權謀若繫匏。太息龐涓工媢嫉，毆魚毆雀猛鱣蛟。

尉繚子與孫臏、龐涓同師鬼谷子，其論兵取道勝，不尚權謀。嘗說梁惠王，梁惠王心切急利，視道勝為迂遠。是時，龐涓用事，誘孫臏至刖足而黥之，尉繚子心生恐懼，接淅而去。

黃石公

三略揣摩可滅嬴，圯橋書授不留名。穀城追躡惟黃石，鐘鼎公侯敝蹝輕。

張　良

椎秦定策佐劉邦，宛城武關咸陽次第降。才與淮陰成伯仲，誰云國士世無雙？

《史記・淮陰侯傳》：「國士無雙。」

唐太宗

九服豐功紹湯、武，千秋郅治媲成、康。萬言難罄貞觀盛，麟鳳奚潛問彼蒼？

《新唐書・太宗本紀》：「盛哉！太宗之烈也。其除隋之亂，比迹湯、武；致治之美，庶幾成、康。自古功德兼隆，由漢以來，未之有也。」

李衛公

不爲章句志非凡，武略文韜將相銜。最是征遼親問對，太宗前席罷《韶》《咸》。

一　《新唐書・李靖傳》：「嘗謂所親曰：『丈夫遭遇，要當以功名取富貴，何至作章句儒？』」

二　《唐太宗李衛公問對》，為武經七書之一。《新唐書・李靖傳》：「帝將伐遼（案：當時高麗國境，西達遼水。），召靖入，謂曰：『公南平吳，北破突厥，西定吐谷渾，惟高麗未服，亦有意乎？』對曰：『往憑天威，得效尺寸功。今疾雖衰，陛下誠不棄，病且瘳矣！』帝愍其老，不許。」根據《資治通鑑》，唐朝征高麗，前後共有五次，第一次在貞觀十八年（公元六四四年）。是則，此項問對，應係在貞觀十八年之前。

讀《戰國策》

從橫捭闔計謀深，譎誑相輕道義沉。六印虛憑三寸舌，五都實獲九重心。

一　《史記・蘇秦列傳》：「於是六國（齊、楚、燕、趙、韓、魏）從合而并力焉。蘇秦為從約長，并相六國。」

二　《史記・張儀列傳》：「張儀去楚，因遂之韓。……韓王聽儀計，張儀歸報，秦惠王封儀五邑，號曰『武信君』。」

讀《騷經》

問天無語歎時乖，漫抒離憂傍水涯。臭物惡禽歌楚些，美人香草寄幽懷。

讀《呂氏春秋》

地天萬物盡包容，博大精深盪臆胸。一字千金甯過譽？百家髣髴水朝宗。

《史記・呂不韋列傳》：「呂不韋乃使其客，人人著所聞。集論以為『八覽』、『六論』、『十二紀』，二十餘萬言，以為備天地萬物古今之事，號曰《呂氏春秋》。布咸陽市門，懸千金其上，延諸侯游士賓客，有能增損一字者予千金。」

鮑叔牙

管鮑論交世所稀，分財苟得未爲非。即今銅臭薰天下，不是斯人孰與歸？

《史記・管晏列傳》：「管仲曰：『吾始困時，嘗與鮑叔賈，分財利多自與，鮑叔不以我為貪，知我貧也。……生我者父母，知我者鮑子也。』」

管仲

九合諸侯憑武略，一匡天下藉文韜。踐仁無忝推尼父，千載人誰共比高？

晏子

相齊致治顯其君，道濟時艱豈爲勳？一襲狐裘三十載，賢賢管、晏合平分。

讀《老子》

千言一蔽道虛無，無有相生德弗居。天地以人作芻狗，曲全庶可遂終初。

讀《莊子》二首

道貫古今齊老子，德侔天地法先王。神遊惚怳歸冥極，著論長爭日月光。

其二

笑彼朵頤甘腐鼠，憐渠曳尾快靈龜。大鵬出處非無意，問與蜩鳩兩不知。

讀《列子》

無死無生返太初，憲章黃老闡玄虛。逌然妙絕言詮表，得失甯非鹿夢餘？

讀《淮南子》

道原太一氣縱橫，化作陰陽萬物生。德大無朋而不有，四時八極自安行。

讀《黃帝四經》

四經掘出馬王堆，道學宏揚義盡該。無可奈何傾法治，黎民望切霸王才。

一　一九七三年，在湖南長沙馬王堆三號漢墓，發現古代帛書。經考訂，係失傳已久的《黃帝四經》，舉世矚目。

二　《黃帝四經》包括：（一）《經法》：講論自然和社會中所存在的恆定法則（與老莊同）；（二）《十大經》：講論刑名、刑德、陰陽、雌雄等對立統一，及相互轉化的關係（與老莊同中有異）；（三）《稱》：講論通過對陰陽、雌雄、動靜、取予、屈伸、隱顯、實華、強弱、卑高等矛盾對立轉化關係，理出最有效治國、修身方案（與老莊同中有異）；（四）《道原》：講論對道的本體和功用進行探源（與老莊同）。

三　老莊主張：由無為（手段）至無不為（目的），把道化成了一種人生境界；《黃帝四經》（係漢初道家所作）主張：有為（手段）至無為（目的）。其所謂「有為」，係用法、術、勢及刑名、刑德等治國。由此可看出老莊思想與黃老思想的差異發展。究其所以向社會政治傾斜，毋乃人民望治心切之必然演衍耶？

葛洪

羅浮煉就九還丹，卻穀長生沆瀣餐。身在山林心魏闕，恢宏儒道挽狂瀾。

葛洪著《抱朴子》分內篇及外篇。自云：「其內篇，言神仙、方藥、鬼怪、變化、養生、延年、禳邪、卻禍之事，屬道家；其外篇，言人間得失，世事臧否，屬儒家。」是知其思想，係儒道相結合，主張「身在山林，心存魏闕。」

陸賈

秦因刑酷失江山，治亂推源動帝顏。贏得群臣稱萬歲，老猶誅呂濟時艱。

《史記．陸賈列傳》：「高帝謂陸生曰：『試為我著秦所以失天下，吾所以得之者何？及古成敗之國。』陸生迺粗述存亡之徵，凡著十二篇。每奏一篇，高帝未嘗不稱善，左右呼萬歲，號其書曰『新語』」。

讀《世說新語》

名士音容美且都，觀摩獲益豈錙銖。清言瑰行如明鏡，點檢今吾省故吾。

昭明太子

三歲而能讀《孝經》，性情慈善濟零丁。等身著作留天地，緒挽斯文作典型。

讀《文選》

義歸翰藻萃鴻文，經史非關涇渭分。兵劫火餘書不滅，論功孰可與爭勳？

一　蕭統《文選序》自述其選文原則是：「事出于沈思，義歸于翰藻。」

二　阮元《文選序》：「昭明所選，名之曰『文』，蓋必文而後選也，非文則不選也。經也、史也、子也，皆不可專名之為文也。」是則，昭明所選，以駢麗美文為主。

讀劉勰《文心雕龍》

《徵聖》《宗經》闢道原，洋洋無際見雄渾。論文門戶知多少？千載唯公獨占元。

《文心雕龍》開宗明義，即闡釋「原道」。本《易・繫辭》：「鼓天下之動者存乎辭。」繹之曰：「辭之所以能鼓天下者，乃道之文也。」又曰：「道沿聖以垂文，聖因文而明道。」是故，學文必先學道，學道必先《徵聖》，《徵聖》必先《宗經》道始能豁然開朗，文始能斐然暢達，此其不刊之論說也。

讀《玉臺新詠》

隋珠楚璧並收羅，濮上桑間共放歌。獻替千秋功不泯，斷雲奚足蔽羲娥？

徐陵編著《玉臺新詠》，《隋書・文學傳序》斥為「亡國之音」，固非誣衊。因其大量收入梁簡文帝等之宮體與豔歌。這些都是統治階級，用縟麗詞藻，來鋪敘其荒淫放誕生活。然則，瑕不掩瑜，書中並選錄蘇武、枚乘、張衡、蔡邕、魏文帝、曹植、陳琳、徐幹、左思、陶潛、鮑照、謝朓及庾信等極優秀作品。其中部份且因被選入本書而幸免失傳者（如《古詩為焦仲卿妻作》、曹植《棄婦詩》，庾信《七夕》等），是其獻替之功，不會因時代變遷而被磨滅。

賈誼

《治安策》與《過秦論》，雄辯滔滔政治家。年少才高疑絳、灌，竟令銜恨貶長沙。

司馬遷

步趨丹陛紹箕裘，華國文章第一流。歷盡殷憂翻啓聖，著成《史記》耀千秋。

班固

竇憲牽連溺載胥，劇憐玷辱損佳譽。肯令《史記》稱無兩，秋色平分著《漢書》。

揚雄

曲事新朝善諂諛，言行對照不相符。自知賦遜相如甚，卻謂雕蟲笑壯夫。

《漢書·揚雄傳》對揚雄推崇備至，然後人卻有不同看法：

一　葛立方《韻語陽秋》：「揚雄之迹，曲諂新室，議之者眾矣，此置之不論。雄之心如何哉？觀《法言》之書，似未明乎大道之指也，王荊公乃深許之，何邪？……東坡謂雄以艱深之辭，文淺易之說，與公矛盾矣。」

二　陳師道《後山詩話》：「揚子雲之文，好奇而不能奇也，故思苦而詞艱。善為文者，因事以出奇，江河之行，順下而已。至其觸山赴谷，風摶物激，然後盡天下之變。子雲惟好奇，故不能奇也。」

司馬相如

弄琴挑逗卓文君，犢鼻褌甘酒漬醺。鴻運來時身豹變，《大人賦》罷氣陵雲。

《漢書·司馬相如傳》：「相如既奏《大人賦》，天子大說（悅），飄飄有陵雲氣游天地之間意。」

朱雲

進盡忠言攖逆鱗，坐誅猶願政維新。廟堂檻折不須治，聖主開恩旌直臣。

《漢書・朱雲傳》：「成帝時，雲上書曰：『臣願賜尚方斬馬劍，斷佞臣一人以厲其餘。』上問：『誰也？』對曰：『安昌侯張禹。』上怒曰：『小臣居下訕上，廷辱師傅，罪死不赦。』御史將雲下，雲攀殿檻，檻折。雲呼曰：『臣得下從龍逢、比干遊於地下，足矣！未知聖朝何如耳？』……及後當治檻，上曰：『勿易，因而輯之，以旌直臣。』」

班婕妤

宸遊辭謝輦同隨，懿德眞堪匹楚姬。已自得仁又奚怨？漫勞少伯作《秋詞》。

一 《漢書・外戚傳》：「成帝遊於後庭，嘗欲與婕妤同輦載，婕妤辭曰：『觀古圖畫，賢聖之君皆有名臣在側，三代末主乃有嬖女，今欲同輦，得無近似之乎？』上善其言而止。太后聞之，喜曰：『古有樊姬，今有班婕妤。』」

二　王昌齡《西宮春怨》、《西宮秋怨》、《長信秋辭》，皆為班婕妤而作。

楊由

少皞官禽事足徵，德門一脈繼繩繩。諦聽雀語知兵亂，應驗咸驚有異能。

一　《左傳．昭公十七年》：「郯子曰：『我高祖少皞摯之立也，鳳鳥適至，故紀於鳥，為鳥師而鳥名。鳳鳥氏歷正也，玄鳥氏司分者也，伯趙（案即伯勞）氏司至者也，青鳥氏司啟者也，丹鳥氏司閉者也，祝鳩氏司徒也，雎鳩氏司馬也，鳲鳩氏司空也，鶻鳩氏司事也，爽鳩氏司寇也。』」

二　《後漢書．楊由傳》：「時有大雀集於庫樓上，太守廉范以問由，由對曰：『此占郡內當有小兵，然不為害。』後二十餘日，廣柔縣蠻夷反，殺傷長吏。」

張衡

十載沈思賦《二京》，微辭譎諫表忠貞。裁箋振藻原餘事，妙作渾儀舉世驚。

蔡文姬

五音六律盡嫻能，彤管揚芬見未曾。不是曹公贖歸漢，姓名才藝有誰稱？

《後漢書・列女傳》：「文姬，博學有才辯，又妙於音律。適河東衛仲道，夫亡無子，歸寧於家。興平中，天下喪亂，文姬為胡騎所獲，沒於南匈奴左賢王，在胡中十二年，生二子。曹操素與邕善，痛其無嗣，乃遣使者以金璧贖之，而重嫁於（董）祀。」

魏武帝

橫槊賦詩尚漢音，試將擲地響如金。漫言古直饒悲句，誰識英雄寄慨深！

一　鍾嶸《詩品》：「曹公古直，甚有悲涼之句。」

二 沈德潛《古詩源》：「孟德詩，猶是漢音。子桓以下，純乎魏響。」

魏文帝

闡釋文章意爲主，加諸聲氣更便娟。對揚厥弟有來自，響嗣風騷百代傳。

一 陳師道《後山詩話》：「魏文帝曰：『文以意為主，以氣為輔，以詞為衛。』」

二 陸時雍《詩鏡總論》：「子桓、王粲詩，激風雅餘波，子桓逸而近風，王粲莊而近雅。」

曹植

骨氣奇高卓不群，一揮彩筆動星文。鬖鬖三代香難瓣，奕世人徒慕揖芬。

鍾嶸《詩品》：「魏陳思王植詩，骨氣奇高，詞采華茂。情兼雅怨，體被文質。粲溢古今，卓爾不群。」

劉楨

勁遒風骨欲霜凌，妙絕當時靡有朋。磅礴元音塞天地，領銜餘子氣稜層。

一　鍾嶸《詩品》：「真骨凌霜，高風跨俗。自陳思以下，楨稱獨步。」

二　陸時雍《詩鏡總論》：「劉楨稜層，挺挺自持。」

王粲

感物興懷賦《七哀》，悲情慷慨見詩才。曹、劉伯仲公無忝，經史羅胸善翦裁。

一　陸時雍《古詩鏡》：「載事陳情，登歌入雅，千載以下，想見其言之切而事之悲。」

二　沈德潛《古詩源》：「仲宣七哀詩，少陵無家別、垂老別諸篇之祖也。」

徐幹

登高舒嘯氣如蘭，文質彬彬譽子桓。儒學宏揚著《中論》，一時傳誦滿長安。

魏文帝《與吳質書》：「偉長獨懷文抱質，恬淡寡欲，有箕山之志，可謂彬彬君子者矣。著《中論》二十餘篇，成一家之言，辭義典雅，足傳於後，此子為不朽矣。」

陳琳

讀完草檄愈頭風，魏武驚奇賞賜豐。排奡沉雄誰比擬，昂昂獨步建安中。

《三國志·魏書》引《典略》曰：「琳作諸書及檄，草成呈太祖。太祖先苦頭風，是日疾發，臥讀琳所作，翕然而起曰：『此愈我病。』數加厚賜。」

孔融

「了了」長嗟服李膺，爲人好客史留名。元知鳥獸非同類，底事修書薦禰衡？

劉義慶《世說新語·言語》：「孔文舉年十歲，隨父到洛，時李元禮有盛名，為司隸校尉，詣門者皆儁才清稱及中表親戚，乃通。文舉至門，謂吏曰：『我是李府君親。』既通，前坐。元禮問曰：『君與僕有何親？』對曰：『昔先君仲尼，與君先人伯陽有師資之尊，是僕與君奕世為通好也。』元禮及賓客莫不奇之。太中大夫陳韙後至，人以其語語之，韙曰：『小時了了，大未必佳！』文舉曰：『想君小時，必當了了。』韙大踧踖。」

阮瑀

少學中郎善解音，檄文蜚譽並陳琳。匏巴合是三生石，度曲偏窩魏武心。

《三國志・魏書》引《文士傳》曰：「瑀善解音，能鼓琴。……音聲殊妙，當時冠坐，太祖大悅。」又引《典略》曰：「太祖嘗使瑀作書與韓遂，時太祖適近出，瑀隨從，因於馬上具草，書成呈之。太祖擥筆欲有所定，而竟不能增損。」

應瑒

心抱區區欲著書，志終不遂命奚如！捷才自可侔袁虎，忠藎尤堪埒史魚。

一 魏文帝《與吳質書》：「德璉常斐然有述作之意。其才學足以著書，美志不遂，良可痛惜。」

二 春秋衛蘧伯玉賢而靈公不用，彌子瑕不肖反任之，史魚驟諫而不從，死而屍諫，乃進蘧伯玉而用之，退彌子瑕而遠之。見《孔子家語·困誓》。

嵇康

生因婚魏忤司馬，死爲《青蠅》謗臥龍。地下團圓應莞爾，旌門有子足榮宗。

一 《晉書·嵇康傳》：「康與魏宗室婚，拜中散大夫。……鍾會言於文帝曰：『嵇康，臥龍也，宜因釁除之。』帝昵聽信會，遂害之。」

二 《晉書·忠義·嵇紹傳》：「紹，康子也。……紹以天子蒙塵，承詔馳詣行在所。值王師敗績於蕩陰，百官及侍衛莫不潰散，惟紹儼然端冕，以身捍衛，兵交御輦，飛箭雨集，紹遂被害於帝側，血濺御服，天子深哀嘆之。及事定，左右欲浣衣，帝曰：『此嵇侍中血，勿去。』」

阮籍

詞旨遙深賦《詠懷》，寄情麴蘗醉形骸。愼言只合窮途哭，同器薰蕕自不諧。

劉勰《文心雕龍·明詩》：「阮旨遙深。」

左思

辭華壯麗賦《三都》，盡瘁覃思字字珠。一夕洛陽傳紙貴，杜他雙陸笑區區。

《晉書·文苑·左思傳》：「欲賦《三都》，遂構思十年。及賦成，豪富之家競相傳寫，洛陽為之紙貴。初，陸機入洛，欲為此賦，聞思作之，撫掌而笑，與弟雲書曰：『此間有傖父，欲作《三都賦》，須其成，當以覆酒甕耳。』及思賦出，機絕歎服，以為不能加也，遂輟筆焉。」

陸機

殊俗聲華冠士林，詞章蘊寶世爭尋。弟兄「俳偶」開風氣，吹遍南朝式似金。

一　王世貞《藝苑卮言》：「陸文若排沙揀金，往往見寶。」

二　沈德潛《說詩晬語》：「士衡舊推大家，然通贍自足，而絢采無力，遂開俳偶一家。降自齊梁，專攻對仗，邊幅復狹，令閱者白日欲臥，未必非陸氏之濫觴也。」

張華

偶然舉首望蒼穹，牛斗週遭劍氣濃。掘得泉、阿隨化去，驚濤掩映兩條龍。

張華博洽天文地誌，吳平，牛斗間常有紫氣，乃與雷煥在豫章豐城，掘得一石函，光氣非常。中有雙劍，並刻題，一曰龍泉，一曰太阿。其夕，斗牛間氣不復見焉。華與煥各有一劍，華誅，失劍所在。煥卒，其子持劍行經延平津，劍忽于腰間躍出墮水，但見兩龍各長數丈，蟠縈有文章，光彩照水。乃悟張華生前所言：「天下神物，終當合耳。」之說。華之博洽類此，不可勝載。（見《晉書．張華傳》）

石崇

競奢如意擊珊瑚，金谷輝煌貯綠珠。禍福於人相倚伏，到頭難挽舉家屠。

《晉書・石崇傳》：「崇與貴戚王愷，奢靡相尚。愷嘗以珊瑚樹高二尺許示崇，崇以鐵如意擊之，應手而碎。曰：『不足多恨，今還卿。』乃命左右悉取珊瑚樹，有高三四尺者六七株，光彩曜日，愷怳然自失矣。」又曰：「崇有妓曰綠珠，美而豔，善吹笛，孫秀使人求之，崇不許，遂矯詔收崇。崇母兄妻子無少長皆被害。」

郭璞

迴旋無計避王敦，身世眞同蝨處褌。禍福到頭難自救，空知是日喪其元。

《晉書・郭璞傳》：「璞每言『殺我者山宗』，至是果有姓崇者構璞於敦。敦將舉兵，又使璞筮。璞曰：『無成。』敦固疑璞之勸嶠、亮，又聞卦凶，乃問璞曰：『卿更筮吾壽幾何？』答曰：『思向卦，明公起事，必禍不久。』敦大怒曰：『卿壽幾何？』曰：『命盡今日日中。』敦怒，收璞，詣南岡斬之。」

袁宏

聽歌降貴謝將軍，牛渚西江無片雲。撫事不勝懷李白，空餘楓葉落紛紛。

《晉書．文苑．袁宏傳》：「謝尚時鎮牛渚，秋夜乘月，率爾與左右微服泛江。會宏在舫中諷詠，聲既清會，辭又藻拔，遂駐聽久之，遣問焉。答云：『是袁臨安郎誦詩。』即其詠史之作也。尚傾率有勝致，即迎升舟，與之譚論，申旦不寐，自此名譽日茂。」

劉琨

枕戈誓欲勒燕然，祖逖寧教早著鞭？齎志翻憐鋼繞指，死生有命奈何天！

《晉書．劉琨傳》：「琨少負志氣，有縱橫之才。與范陽祖逖為友。聞逖被用，與親故書曰：『吾枕戈待旦，志梟逆虜，常恐祖生先吾著鞭。』其意氣相期如此。」其遇害前為詩贈盧諶云：「何意百鍊鋼，化為繞指柔。」讀之泫然。

劉伶

嗜酒教人死便埋，韜精養晦忘形骸。飲非劇飲醉非醉，流俗誰人識素懷？

一　《晉書・劉伶傳》：「常乘鹿車，攜一壺酒，使人荷鍤而隨之。謂曰：『死便埋我。』其遺形骸如此。」

二　葉夢得《石林詩話》：「晉人多言飲酒有至於沈醉者，此未必意真在於酒。蓋時方艱難，人各懼禍，惟託於酒，可以粗遠世故。此意惟顏延年知之。故《五君詠》云：『劉伶善閉關，懷情滅聞見。韜精日沈飲，誰知非荒宴。』如是，飲者未必劇飲，醉者未必真醉也。」

謝鯤

保身明哲與敦遊，富貴如雲未忮求。端委廟堂非所尚，一丘一壑足風流。

《晉書・謝鯤傳》：「鯤嘗使至都，明帝在東宮見之，甚相親重。問曰：『論者以君方庾亮，自謂何如？』答曰：『端委廟堂，使百官準則，鯤不如亮；一丘一壑，自謂過之。』」

王羲之

東牀坦腹自忘機，誓墓投簪志不違。書冠古今饒軼事，《黃庭》寫畢籠鵝歸。

《晉書・王羲之傳》：「性愛鵝，山陰有一道士，養好鵝，羲之往觀焉，意甚悅，固求市之。道士云：『為寫《道德經》，當舉群相贈耳。』羲之欣然寫畢，籠鵝而歸，甚以為樂。」

陶潛

用捨行藏性率眞，探驪才調更無倫。篇篇有酒非耽酒，借酒忘形以寄身。

《胡仔苕溪漁隱叢話》引東坡語：「淵明欲仕則仕，不以求之為嫌；欲隱則隱，不以去之為高。古今賢之，貴其真也。」又曰：「其詩質而實綺，癯而實腴。自曹、劉、鮑、謝、李、杜諸人，皆莫及也。」

謝靈運

山水方滋繼老、莊，精雕細琢煥文章。池塘春草得神助，百世何人競短長？

一　沈德潛《說詩晬語》：「劉勰《明詩》篇曰：『老、莊告退而山水方滋。』見遊山水詩以康樂為最。」

二　《南史·謝方明列傳》：「謝靈運嘗于永嘉西堂思詩，竟日不就，忽夢見惠連，即得『池塘生春草』，大以為工，常云：『此語有神助，非吾語也。』」

顏延之

辭采繽紛似繢雕，《五君詠》罷姓名標。惠休不足相攜手，靈運差堪一折腰。

《南史·顏延之傳》：「延之嘗問鮑照己與靈運優劣，照曰：『謝五言如初發芙蓉，自然可愛。君詩若鋪錦列繡，亦雕繢滿眼。』延之每薄湯惠休詩，謂人曰：『惠休制作，委巷中歌謠耳，方當誤後生。』」

鮑照

詩似驚潮忽怒飛，中含逸氣義深微。雅能遠軼機、雲去，上薄風騷嚮嗣徽。

沈德潛《說詩晬語》：「抗音吐懷，每成亮節。其高處遠軼機、雲，上追操、植。」

檀道濟

領軍北伐望風降，功大徒增聖主悽。若使長城毋毀壞，肯教魏馬飲長江。

《南史・檀道濟傳》：「道濟與魏軍三十餘戰多捷，雄名大振，魏甚憚之。彭城王義康，慮道濟不可制，矯詔收付廷尉。道濟見收，憤怒氣盛，乃脫幘投地，曰：『乃壞汝萬里長城。』魏人聞之，皆曰：『道濟已死，吳子輩不足復憚。』自是頻歲南伐，有飲馬長江之志。」

謝朓

發句偏工世莫仇，攝星差可狀雄遒。低徊李白情難已，躡迹宣城倚北樓。

王夫之《古詩評選》：「『大江流日夜，客心悲未央。』舊稱謝朓工於發端。如此發端語，寥天孤出，正復宛詣，豈不夐絕千古，非但危唱雄聲已也。」

曹景宗

善戰魂飛楊大眼，凱歸長快帝王心。慶功宴飲華光殿，險韻吟成値萬金。

《南史．曹景宗傳》：「景宗振凱歸入，帝於華光殿宴飲連句，令左僕射沈約賦韻。景宗不得韻，意色不平，啟求賦詩。帝曰：『卿伎能甚多，人才英拔，何必止在一詩。』景宗已醉，求作不已，詔令約賦韻。時韻已盡，惟餘『競』、『病』二字。景宗便操筆，斯須而成。其辭曰：『去時兒女悲，歸來笳鼓競。借問行路人，何如霍去病。』帝嘆不已。約及朝賢驚嗟竟日。」

鍾嶸

偶擿麗藻襃逾江，《詩品》裒成寵譽厖。爲報曩時遭白眼，漫云約意淺於江。

《南史・文學・鍾嶸傳》：「嶸嘗求譽於沈約，約拒之。及約卒，嶸品古今詩為評，言其優劣，云：『觀休文眾製，辭密於范（雲），意淺於江（淹）。』蓋追宿憾，以此報約也。」

江淹

不求富貴慕餐霞，富貴偏隨爵祿加。一自管城還郭璞，爲文罔見筆生花。

《南史・江淹傳》：「嘗宿於冶亭，夢一丈夫自稱郭璞，謂淹曰：『吾有筆在卿處多年，可以見還。』淹乃探懷中得五色筆一枝以授之。爾後為詩絕無美句，時人謂之才盡。」按江淹嘗謂子弟曰：「吾本素宦，不求富貴。人生行樂，須富貴何時。吾功名既立，正欲歸身草萊耳。」然，官愈做愈大，累遷祕書監、侍中、金紫光祿大夫。卒，武帝為素服舉哀，極仕宦之榮。

任昉

活人無數列如麻，死後流離有子華。蹈義行仁竟如此，誰云積善必豐家？

《南史．任昉傳》：「昉好交結，獎進士友，故衣冠貴游莫不多與交好，坐上客恆有數十。及卒後，有子東里、西華、南容、北叟，流離不能自振，生平舊交莫有收卹。平原劉孝標，乃著《廣絕交論》，以譏其舊交。」

沈約

憲章明遠耀齊、梁，並世無人競短長。琢句期期拘八病，徒訾《藝苑》與《滄浪》。

一　鍾嶸《詩品》：「觀沈休文眾製，五言最優。詳其文體，察其餘論，固知憲章鮑明遠也。」

二　沈約所謂「八病」，是：平頭、上尾、蜂腰、鶴膝、大韻、小韻、旁紐及正紐等。嚴羽《滄浪詩話》云：「作詩正不必拘此弊法，不足據也。」王世貞《藝苑卮言》喻為「商君之酷」，並謂「不足道也。」

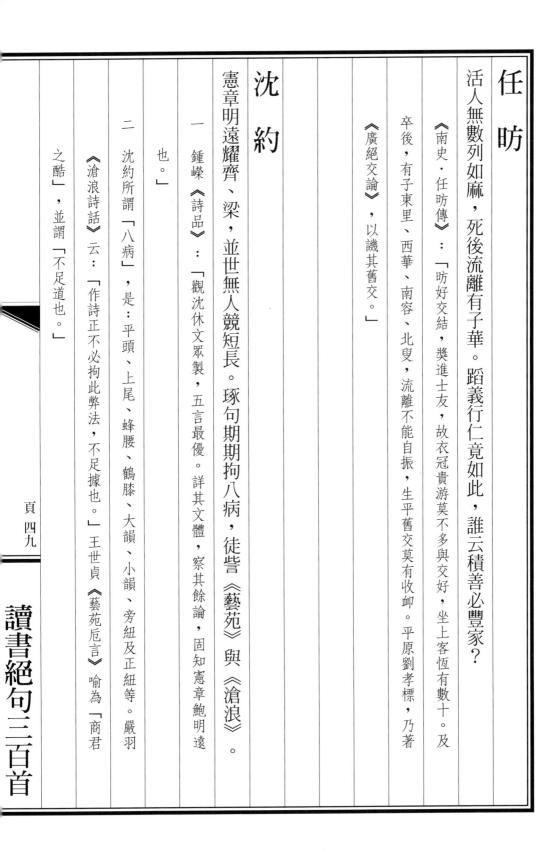

梁簡文帝

「宮體」吟成六義抛，聲音靡靡惹譏嘲。可憐二帝詩都讖，疑是冥冥神鬼教。

楊慎《升庵詩話》：「梁武帝《冬日詩》：『雪花無著蒂，冰鏡不安臺。』梁簡文帝《詠月詩》：『飛輪了無轍，明鏡不安臺。』竟成二讖。」（按晉、南北朝間，謂朝廷禁省為「臺城」。）

庾信

製成辭賦擅清新，少穆齊名實望塵。慚對夷、齊食周粟，空懷喬木倚樓頻！

陳後主

憐渠本自乏心肝，待罪猶求得一官。千載騷人弔胭井，歌殘《麥秀》淚難乾。

《南史・陳本紀》：「既見宥，隋文帝給賜甚厚，數得引見。後監守者奏言：『叔寶云：「願得一官號。」』隋文帝曰：『叔寶全無心肝。』」

江總

誘主晨昏荒治宴，樽前「狎客」竟亡陳。但求逸樂有何用？漫詡才華出眾人。

《南史・江總傳》：「後主即位，歷吏部、尚書令，不持政務，但日與後主遊宴後庭，多為豔詩。當時謂之狎客。由是國政日頹，君臣昏亂，以至於滅。」

薛道衡

爲文有癖杜聞跫，手握蛇珠氣勢雄。獻頌先皇翻賈禍，歸來咄咄屢書空。

《隋書・薛道衡傳》：「道衡每至構文，必隱坐空齋，蹋壁而臥，聞戶外有人便怒，其沉思如此。煬帝嗣位，上《高祖文皇帝頌》帝覽之不悅，顧謂蘇威曰：『道衡致美先朝，此《魚藻》之義也。』於是，……帝令自盡。」

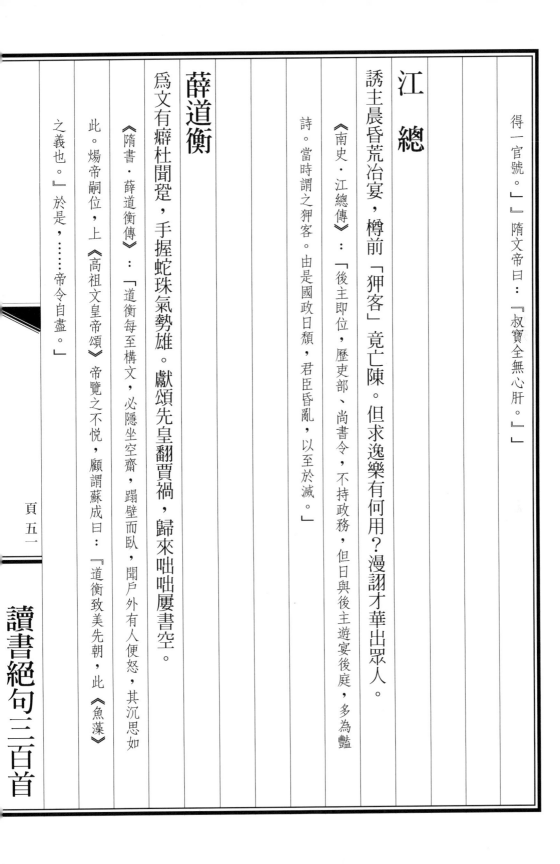

魏徵

諤諤規諷聖主褒，輔唐獻替著功高。建言無隱如明鏡，合受隆恩賜寶刀。

據新舊唐書魏徵傳的記載，魏徵與唐太宗關係非比尋常：

一　皇孫誕生時，太宗賜宴公卿，筵席上，太宗對侍臣說：「貞觀以後，竭盡心力，安國利民，當面規諫，改正我過失的，只有魏徵而已。古時名臣，也不能超過。」於是親解所佩寶刀，賜給魏徵。

二　魏徵卒，太宗思念不已，對侍臣說：「夫以銅為鏡，可以正衣冠；以古為鏡，可以知興替；以人為鏡，可以明得失。朕寶此三鏡，以防己過。今魏徵殂逝，遂亡一鏡矣。」君臣關係之篤，無人能比。

長孫無忌．歐陽詢

謔浪無傷莫逆交，御前不諱笑兼嘲。最憐幾度相詼後，依舊深情漆似膠。

尤袤《全唐詩話》：「無忌嘲歐陽詢形狀猥陋云：『聳膊成山字，埋肩畏出頭。誰令麟閣上，畫此一獮猴？』詢應聲曰：『縮頭連背煖，漫襠畏肚寒。祇緣心渾渾，所以面團團。』太宗笑曰：『詢殊不畏皇后耶？』」

虞世南

御製宮詞拒效顰，諍臣諤諤見情眞。龍飛虎拜傳佳話，怪底貞觀氣象新。

一　尤袤《全唐詩話》：「太宗嘗作宮體詩，使虞世南賡和。世南曰：『聖作誠工，然體非雅正，上有所好，下必有甚焉。恐此詩一傳，天下風靡，不敢奉詔。』帝曰：『朕試卿爾。』」

二　何文煥《歷代詩話考索》：「《全唐詩話》記虞世南不和太宗宮體詩，微特政治攸關，亦文藝中爭友也，惟太宗容之。降若後世，即朋友間難相得矣。」

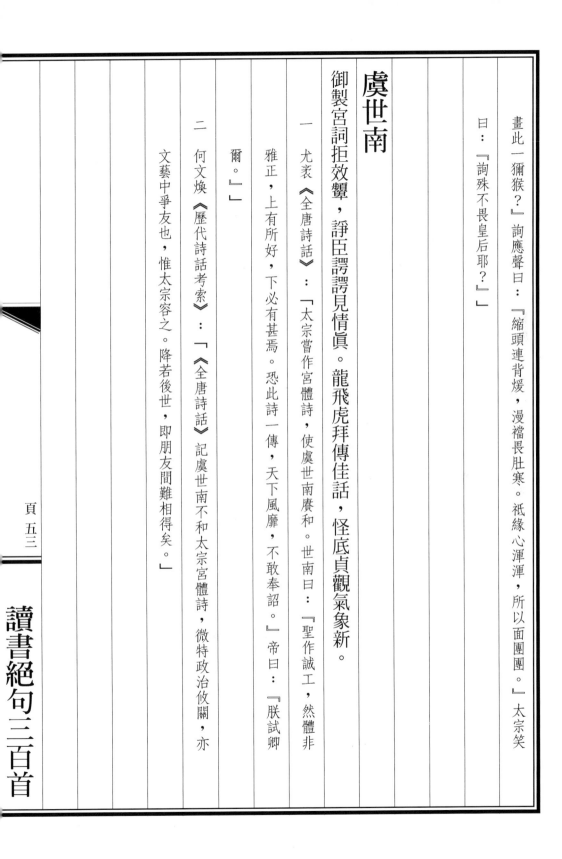

馬周

幸遇青雲出穴阿，涓埃未有答常何。受恩豈可輕忘卻，一飯千金不算多。

葛立方《韻語陽秋》：「唐馬周以一介草茅，遭遇太宗，不累年而致位卿相，皆由常何之一言。而身貴得志之時，於何不聞有報何邪？李邦直詩云：『底事馬周身富貴，不聞推寵報常何。』是已。」

王勃

底事牛刀試割雞？可憐一夕隔雲泥！斐然序作滕王閣，賓客閻公首盡低。

王勃為隋末大儒王通之孫，六歲解屬文，十歲該綜六經，以神童薦於朝。十有七歲，對策高第，授朝散郎。時諸王鬪雞，勃戲為《檄英王雞文》，高宗聞之，以為交構之漸，怒斥出府。乃往交趾省父，路經洪州，值滕王閣落成，因為《滕王閣序》。相傳閻公原使其壻為之，已有宿構。及以紙筆巡讓賓客，客莫敢當。至勃慨然不辭。公怒，拂衣而起，而令人伺其下筆。第一報云：「南昌故都，洪都新府。」公笑曰：「是亦老生常談。」次云：「星分翼軫，地接衡廬。」公曰：「故事也。」又報云：「襟三江而帶五湖，控蠻荊而引甌越。」沈吟不語。俄而數吏沓報至，公頷頤而已。至「落霞與孤鶩齊飛，秋水共長天一色。」公乃矍然曰：「此真天才，當垂不朽矣。」頃而文成。公大悅，極歡宴，贈以五百縑。事見唐摭言及新唐書本傳。

楊炯

恥居王後愧盧前，幼號神童遠近傳。漫說塞詩饒氣勢，六朝綺靡未全蠲。

孫濤《全唐詩話續編》：「炯嘗曰：『吾愧在盧前，恥居王後。』」

駱賓王

爲詩拳服宋之問，草檄心驚武則天。仕宦飛沈何足道？大名垂貫萬斯年。

一 首句見第五八頁《宋之問》詩註。

二 《舊唐書・文苑傳》云：武后讀駱賓王討武檄文，初但嘻笑，至「一抔之土未乾，六尺之孤安在？」瞿然曰：誰為之？或以賓王對，武后曰：宰相安得失此人。由此可見，賓王不愧是初唐四傑之一，其筆力，足以當百萬雄師。

盧照鄰

憔悴辭官困病魔，飄零翻悼曲池荷。區區只羨揚雄宅，夙願難酬奈若何！

一　孫濤《全唐詩話續編》：「盧照鄰詠《曲池荷》云：『浮香繞曲岸，圓影覆華池。常恐秋風早，飄零君不知。』後沉潁水，已讖於此。」

二　盧照鄰《長安古意》結句云：「寂寂寥寥揚子居，年年歲歲一牀書。獨有南山桂花發，飛來飛去襲人裾。」按《漢書．揚雄傳》：「揚雄有宅一區，家產不過十金，自有大度，非聖賢之書不好也。」左思《詠史》云：「寂寂揚子宅，門無卿相輿。寥寥空宇中，所講在玄虛。」照鄰之意本此。

蘇味道

游移莫謂模棱手，「火樹銀花」服匹儕。卻羨唐賢富風趣，「金銅釘」謔足詼諧。

一　尤袤《全唐詩話》：「趙州蘇味道，與里人李嶠號蘇李。武后朝為相，世號『模棱手。』」

二　孟棨《本事詩》：「開元中，宰相蘇味道與張昌齡俱有名。暇日相遇，互相詩誚。昌齡曰：『某詩所以不及相公者，為無「銀花合」故也。』蘇有《觀燈詩》曰：『火樹銀花合，星橋鐵鎖開。暗塵隨馬去，明月逐人來。』味道云：『子詩雖無「銀花合」，還有「金銅釘」。』昌齡贈張昌宗詩曰：『昔日浮丘伯，今同丁令威。』遂相與拊掌大笑。」（「金銅釘」與「今同丁」諧音）

陳子昂

詩歸雅正仰文宗，橫制頹波抑縟穠。《感遇》渾雄淩「正始」，迴諷秀句豁心胸。

《新唐書·陳子昂傳》：「子昂始變雅正，初為《感遇詩》三十八章（舊唐書本傳作三十首），王適曰：『是必為海內文宗。』」

沈佺期

試把唐詩齊擲地，「盧家少婦」最錚鏦。遣詞靡麗拘聲病，未協宮商志不降。

楊慎《升庵詩話》：「宋嚴滄浪取崔顥《黃鶴樓》詩為唐人七言律詩第一，近日何仲默、薛君采取沈佺期『盧家少婦鬱金香』一首為第一。」

宋之問

橐筆才窮靈隱寺，賓王聞問助推敲。御前製曲掄元後，笑謂佺期亦斗筲。

一　李頎《古今詩話》：「宋之問貶黜放還，至江南，遊靈隱寺，夜月極明，長廊行吟曰：『鷲嶺鬱岧嶤，龍宮隱寂寥。』未得下聯。有老僧燭燈坐禪，問曰：『少年不寐，而吟諷甚苦，何耶？』之問曰：『欲題此寺，而思不屬。』僧曰：『試吟上聯。』之問誦之。

曰：『何不道：樓觀滄海日，門聽浙江潮。』之問終篇曰：『桂子月中落，天香雲外飄。捫蘿登塔遠，刳木取泉遙。雲薄霜初下，冰輕葉未凋。夙齡尚遐異，搜對滌煩囂。待入天台寺，看余渡石橋。』僧一聯乃篇中警策也。遲明訪之，已不見。寺僧曰：『此賓王也。』」

二　尤袤《全唐詩話》：「中宗正月晦日，幸昆明池賦詩，群臣應制百餘篇。命昭容選一篇為新翻御製曲。須臾，紙落如飛，各認其名而懷之。既退，惟沈、宋二詩不下。移時，一紙飛墜，競取而觀，乃沈詩也。及聞其評曰：『二詩工力悉敵，沈詩落句云：「微臣雕朽質，羞睹豫章才。」蓋詞氣已竭。宋詩云：「不愁明月盡，自有夜珠來。」猶陡健豪舉。』沈乃伏，不敢復爭。」

杜審言

羲之於我侍臣同，《謙卦》如何讀未工？總是德門有餘慶，文孫作聖振騷風。

一　孫濤《全唐詩話續編》：「杜審言恃才高，以傲世見疾。嘗語人曰：『吾文章必得屈、宋作衙官；吾筆當得王羲之作北面。』」

二　《易．謙卦》：「天道虧盈而益謙，地道變盈而流謙，鬼神害盈而福謙，人道惡盈而好謙。謙，尊而光，卑而不可踰，君子之終也。」

李嶠

唐代文章稱「宿老」，可憐膝下竟無兒！由來萬事皆天命，堯舜門庭亦若斯。

一　高棅《唐詩品彙總序》：「李巨山文章宿老。」

二　尤袤《全唐詩話》：皮日休《松窗錄》云：「中宗嘗召宰相蘇瓌、李嶠之子進見，時皆童年。帝謂曰：『汝等各以所通書，取宜奏者，為我言之。』頲應曰：『木從繩則正，后從諫則聖。』嶠之子忘其名，亦奏曰：『斮朝涉之脛，剖賢人之心。』帝曰：『蘇瓌有子，李嶠無兒。』」

三　堯子丹朱，舜子商均皆不肖，見《史記．五帝本紀》。

張說

名齊蘇頲顯朝班，手筆生來異等閒。謫岳詞章益悽惋，人人謂「得助江山」。

《全唐詩・小傳》：「說為人敦氣義，重然諾，喜延納後進。朝廷大述作多出其手，與蘇頲號『燕許大手筆。』謫岳州後，詩益悽惋，人謂『得江山之助。』」

唐明皇

纊衣夾得一詩篇，壯士佳人締勝緣。聖主恩覃及荒徼，草民稽首戴堯天。

孟棨《本事詩》：「開元中，頒賜邊軍纊衣製於宮中，有兵士於短袍中得詩曰：『沙場征戍客，寒苦若為眠。戰袍經手作，知落阿誰邊。畜意多添線，含情更著綿。今生已過也，重結後身緣。』兵士以詩白帥，帥進之。玄宗命以詩遍示六宮曰：『有作者勿隱，吾不罪汝。』有一宮人自言萬死，玄宗深憫之，遂以嫁得詩人。仍謂之曰：『我與汝結今生緣。』邊人皆感泣。」

宋璟

沈雄婉約賦《梅花》，舉薦蘇公眼不差。百廢俱興爲相後，開元郅治史爭誇。

尤袤《全唐詩話》：「劉禹錫《獻權舍人書》曰：『昔宋廣平之沈下僚也，蘇公味道時為繡衣直指使者，廣平投以《梅花賦》，蘇盛稱之，自是方列于聞人之目，名遂振。嗚呼！以廣平之才，未為是賦，則蘇公未暇知其人邪！將廣平困于窮，阨于躓，然後為是文邪！是知英賢卓犖，可外文字，然猶用片言借說于先達之口，席其勢而後驤首當時，矧碌碌者，疇能自異？』」

賀知章

畢世光榮掩二疏，君王祖餞賦歸歟。吏情日遠滄洲近，嘯傲「千秋」書五車。

尤袤《全唐詩話》：「賀知章年八十六，上表乞為道士還鄉，明皇許之。捨宅為觀，賜名『千秋』。詔令供帳東門，百僚祖餞，御製送詩。詩云：『筵開百壺餞，詔許二疏歸。仙記題金籙，朝章換羽衣。悄然承睿藻，行路滿光輝。』」

張九齡

紫燕無心同物競，寄言鷹隼莫相猜。明皇可是燕王噲，鼙鼓漁陽動地來。

尤袤《全唐詩話》：「九齡在相位，有謇諤匪躬之誠。明皇既在位久，稍怠庶政，每見帝極言得失。林甫時方同列，陰欲中之。屢陳張九齡頗懷怨悱。于時方秋，帝命高力士，持羽扇以賜，將寄意焉。九齡惶恐，作《燕詩》以貽林甫曰：『無心與物競，鷹隼莫相猜。』林甫覽之，知其必退，恚怒稍解。」

王維 二首

詩中有畫畫中詩，孤詣千秋只軾知。餘暇追陪有裴迪，采風振藻不分離。

其二

蹈甕方知事苦吟，只因字句未安心。今看其作妙如此，誰識當初用力深。

一 胡仔《苕溪漁隱叢話》引東坡語：「詠摩詰之詩，詩中有畫；觀摩詰之畫，畫中有詩。」

二 袁枚《隨園詩話》：「王維構思，走入醋甕，可謂難矣。今讀其詩，從容和雅，如天衣無縫，深入淺出，力臻此境。」

孟浩然

摩詰齊名自不慚，渾成句法獨深諳。若論妙悟誰能匹？鮑、謝還應舍退三。

一　嚴羽《滄浪詩話》：「孟襄陽學力下韓退之遠甚，而其詩獨出退之之上者，一味妙悟而已。」又曰：「孟浩然之詩，諷詠之久，有金石宮商之聲。」

二　杜甫《遣興》：「吾憐孟浩然，短褐即長夜。賦詩何必多，往往凌鮑、謝。」

李頎

七律駸駸逼杜公，滄溟欲學漫攸同。寧知一代風騷主，依樣葫蘆畫不工。

翁方綱《石洲詩話》：「東川七律，自杜公而外，有唐詩人，莫之與京。徒以李滄溟揣摩格調，幾嫌太熟。然東川之妙，自非滄溟所能襲也。」

崔曙

詠罷明堂夜火珠，誰憐「曙後一星孤！」詩文本自能成讖，例證纍纍不可誣。

計敏夫《唐詩紀事》：「崔曙試明堂火珠詩云：『正位開重屋，中天出火珠。夜來雙月合，曙後一星孤。天淨光難滅，雲生望欲無。還將聖明代，國寶在京都。』曙以是詩得名。明年卒，唯一女，名星星，始悟其讖也。」（事並見孫濤《全唐詩話續編。》）

常建

遮莫才高淪一尉，闢開詩境自超凡。怪他永叔嗟難及，饜豢翻思螺蛤饞。

一　尤袤《全唐詩話》：「殷璠云：『高才而無貴位，誠哉是言也。曩劉楨死于文學，左思終于記室，鮑照卒于參軍，今常建亦淪于一尉，悲夫！』」

二　高棅《唐詩品彙總序》：「李頎、常建之超凡。」

三　蘇軾《百斛明珠》：「『曲徑通幽處，禪房花木深。』常建詩也。文忠公最愛賞，以為不可及。此語誠可人意，然於公何足道？豈非厭飫芻豢，反思螺蛤耶？」

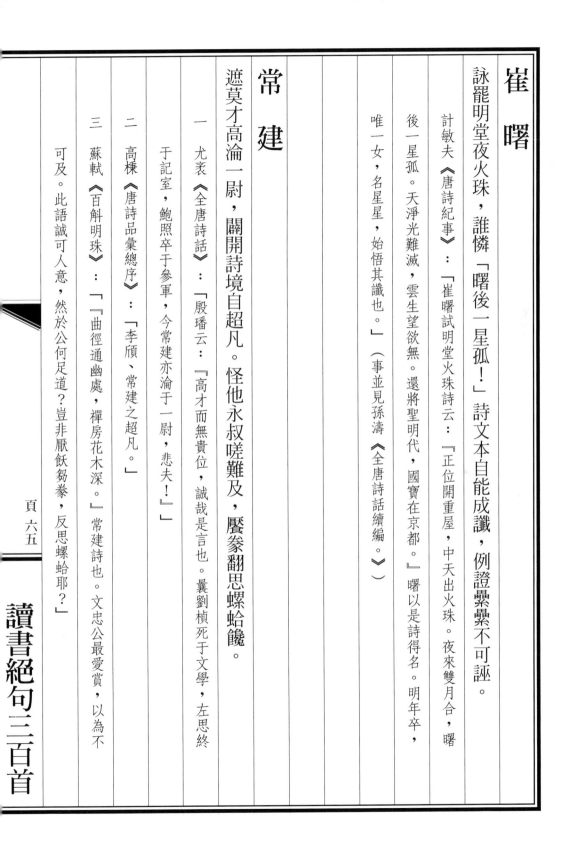

李白 二首

往見知章嘆「謫仙」，長安詩酒共流連。高吟獨步風騷後，俊逸清新萬古傳。

其二

豈畏崔詩在上頭，《鳳凰》賦就世無仇。才雄筆落出天外，八極恣睢汗漫遊。

一 《新唐書文藝傳》：「李白至長安，往見賀知章，知章見其文，嘆曰：『子謫仙人也。』言於玄宗，詔供奉翰林。」

二 胡仔《苕溪漁隱叢話》：「該聞錄云：『唐崔顥題武昌黃鶴樓詩云：「昔人已乘黃鶴去，此地空餘黃鶴樓。」云云。李太白負大名尚曰：「眼前有景道不得，崔顥題詩在上頭。」欲擬之較勝負，乃作金陵鳳凰臺詩。』」

三 恆仁《月山詩話》：「唐人七律壓卷，嚴滄浪取《黃鶴樓》，何仲默取『盧家少婦』，愚謂李白《登金陵鳳凰臺》，不獨可為唐律壓卷，即在本集此體中，亦無第二首也。」

杜甫 二首

聲華萬古薄雲霄，多少詞人競折腰。「詩聖」大名垂宇宙，濫觴韓海與蘇潮。

其二

萬卷羅胸筆有神，似公荏枕豈無人？總因能讀不能用，五俗難除漫效顰。

一 元稹《唐故工部員外郎杜君墓誌銘并序》：「子美上薄風雅，下該沈宋。言奪蘇李，氣吞曹劉。掩顏謝之孤高，雜徐庾之流麗。盡得古今之體勢，而兼昔人之所獨專矣。苟以為能所不能，無可無不可，則詩人以來，未有如子美者。」

二 陳輔《陳輔之詩話》：「世人常言老杜讀盡天下書，過矣。老杜能用所讀之書耳。彼徒見其語有『讀書破萬卷，下筆如有神。』萬卷人誰不讀？下筆未必有神。」

三 嚴羽《滄浪詩話》：「學詩先除五俗：一曰俗體；二曰俗意；三曰俗句；四曰俗字；五曰俗韻。」

高適

年過五十始詩敲，每次吟成世競鈔。豁達襟懷高氣質，偏驚舊雨與新交。

《新唐書．高適傳》：「適年五十始為詩，即工。以氣質自高，每一篇已，好事者即傳布。」

岑參

振鐸渾忘力已殫，要將聲教化夷蠻。風雲開闔山河動，馬邑龍堆萬里鞍。

一　杜確《評岑參詩》：「岑公詩，迥拔孤秀，出於常情。每一篇絕筆，則人傳寫，雖閭里士庶，戎夷蠻貊，莫不吟習焉。」

二　施補華《峴傭說詩》：「岑嘉州七古，勁骨奇翼，如霸天一鶚，施之邊塞最宜。」

王昌齡

七絕唐賢推壓卷，惹他宋哲競尊崇。「秦時明月」人爭誦，鎔化騷葩藻思雄。

王世貞《全唐詩說》：「李于鱗言唐人絕句，當以『秦時明月』壓卷。余始不信，以太白集中，有極工妙者。既而思之，若落意解，當別有所取。若以有意無意，可解不可解間求之，不免此詩第一耳。」

王之渙

鸛雀樓登憑極目，「玉門關度」喜掀髯。一時睥睨無餘子，盡興渾忘日落崦。

薛用弱《集異記》：「開元中詩人王昌齡、高適、王之渙齊名。一日寒微雪，三詩人共詣旗亭，貰酒小飲。有梨園伶官十數人會讌，三詩人因避席隈映，擁爐火以觀焉。俄有妓四輩，尋續而至，奢華豔曳，都冶頗極。旋即奏樂，皆當時之名部也。昌齡等私相約曰：『我輩各擅詩名，每不自定其甲乙。今者可以密觀諸妓所謳，若詩人歌詞之多者為優。』俄而一伶拊節而唱曰：『寒雨連江夜入吳，平明送客楚山孤。洛陽親友如相問，一片冰心在玉壺。』昌齡引手畫壁曰：『一絕句。』尋又一伶謳之曰：『開篋淚沾臆，見君前日書。夜臺何寂莫，猶是子雲居。』適則引手畫壁曰：『一絕句。』尋又一伶謳曰：『奉帚平明金殿開，暫將團扇共徘徊。

玉顏不及寒鴉色，猶帶昭陽日影來。』昌齡則又引手畫壁曰：『二絕句。』之渙自以得名已久，因謂二人曰：『此輩皆潦倒樂官，所唱者皆巴人下里之詞耳！陽春白雪之曲，俗物豈能謳哉？』因指諸妓中最佳者曰：『待此子所唱，如非吾詩，即終身不敢與子爭衡矣。若是吾詩，子等當須拜牀下，奉吾為師。』因歡笑而俟之。須臾次至雙鬟發聲，則曰：『黃河遠上白雲間，一片孤城萬仞山。羌笛何須怨《楊柳》？春風不度玉門關。』之渙即揶揄二子曰：『田舍奴，我豈妄哉？』因大歡笑。」

崔顥

律詩第一礜滄浪，奕世無人較短長。意得象先奇句法，神行語外好文章。

嚴羽《滄浪詩話》：「唐人七言律詩，當以崔顥《黃鶴樓》為第一。」

孔巢父

永王必敗早知幾，遠避東夷賦《式微》。劫遇紅羊憐李白，夜郎謫去泣牛衣。

葛立方《韻語陽秋》：「安祿山反，永王璘有窺江左之意。……巢父察其必敗，潔身潛遁，由是知名。使白如巢父之計，則安得有夜郎之謫哉？老杜《送巢父歸江東》云：『巢父掉頭不肯住，東將入海隨烟霧。』其序云：『兼呈李白。』恐不能無微意也。」

李適之

門客今朝幾個來？蕭條獨自且銜杯。無端觸怒李林甫，始識牢騷結禍胎。

孟棨《本事詩》：「開元末，宰相李適之，疎直坦夷，時譽甚美，李林甫惡之，排誣罷免。朝客來雖知無罪，謁問甚稀。適之意憤，日飲醇酒，且為詩曰：『避賢初罷相，樂聖且銜杯。為問門前客，今朝幾個來？』終遂不免。」

賈至

坐沐皇恩羡梓喬，詔書兩執聖明朝。傳家有道人爭頌，富貴長年未侈驕。

孫濤《全唐詩話續編》：「至父曾，開元初掌制誥，至，玄宗拜起居舍人，知制誥。肅宗登極，至撰策進稿。帝曰：『先帝誥命，乃父為之，今茲命策，又爾為之。兩朝盛典，出卿家父子，可謂盛矣。』」

張旭

三絕平分並李、裴，爲書最愛醉金罍。人生際遇眞難料，死後還教載譽來。

孫濤《全唐詩話續編》：「文宗時，詔以李白歌詩、裴旻劍舞、張旭草書為三絕。」

李嘉祐

一從詩骨換王維，點鐵成金舉世知。心血東流徒自悼，悶然吃得眼前虧。

顧嗣立《寒廳詩話》：「秀水李竹嬾（日華）曰：『李嘉祐詩：「水田飛白鷺，夏木囀黃鸝。」王摩詰但加「漠漠」「陰陰」四字，遂成千古絕調，學詩者，宜善會之。』」

南霽雲

突圍杜乞賀蘭師，數日稽留義忍飢。矢射浮圖歸誓滅，果然南八是男兒。

韓愈《張中丞傳後敘》：「南霽雲之乞救於賀蘭也，賀蘭嫉巡、遠之聲威功績出已上，不肯出師救。愛霽雲之勇且壯，不聽其語，強留之。具食與樂，延霽雲坐，霽雲慷慨語曰：『雲來時，睢陽之人不食月餘日矣，雲雖欲獨食，義不忍。雖食，且不下咽。』因拔所佩刀斷一指，血淋漓，以示賀蘭。一座大驚，皆感激，為雲泣下。雲知賀蘭終無為雲出師意，即馳去。將出城，抽矢射佛寺浮圖，矢著其上甎半箭。曰：『吾歸破賊，必滅賀蘭，此矢，所以志也。』」

王翰

放眼唐賢不足多，「葡萄」壓卷譽非過。昌齡力盡「秦時月」，《藝圃》評論未徇阿。

王世懋《藝圃擷餘》：「李于鱗選唐七言絕句，取王龍標『秦時明月漢時關』為第一，以語人，人多不服。于鱗不過擊節『秦時明月』四字耳。必欲壓卷，還當於王翰『葡萄美酒』、王之渙『黃河遠上』二詩求之。」

王灣

至竟爲詩休務多，「江春」「海日」世爭歌。燕公斂衽推如許，試問伊誰視臼窠？

尤袤《全唐詩話》：「殷璠云：『灣詞翰最著，為天下所稱最者，不過一二。遊吳中江南詩云：「海日生殘夜，江春入舊年。」詩人以來，無聞此句。張公居相府，手題於政事堂，每示能文，令為楷式。』」

劉長卿

長城麗藻服漁洋，撼樹蚍蜉漫謗傷。才與錢、郎成伯仲，《中興》底事貶文房？

王士禎《馬上論詩絕句》：「《中興》高步屬錢、郎，拈得維摩一瓣香。不解雌黃高仲武，長城何意貶文房。」

韋應物

詩鎔靈運化陶潛，閒淡爲懷性本恬。俗譽於公心不競，戒盈適足以加謙。

王士禎《馬上論詩絕句》：「風懷澄淡推韋、柳，佳處多從五字求。解識無聲絃指妙，柳州那得並蘇州。」杜甫云：「水流心不競，雲在意俱遲。」韋公亦如是。是則，漁洋尊韋抑柳，於公，不惟不添喜，適足以戒盈益謙。

釋皎然

爲詩卓犖冠諸僧，閱卷蘇州且譽能。底事「三偷」譏換骨，果眞己作未偷曾？

一　嚴羽《滄浪詩話》：「釋皎然之詩，在唐諸僧之上。」

二　釋皎然《詩式》，將奪胎換骨法，譏為「三偷」（偷語、偷意、偷勢），殊欠允當。

錢起

分明鼓瑟聽湘靈，流水悲風過洞庭。若謂鬼神都是妄，底來「江上數峰青？」

王堯衢《古唐詩合解》：「相傳此二句（曲終人不見，江上數峰青。）乃起未試前聞空中語。乃是神傳，非同凡響，出於色象之外者。主司讀至此，嘆有神助，真不虛矣。」

韓翃

五侯蠟燭憒塡膺，彩筆干霄正氣騰。抑制宦官知制誥，龍飛有象兆中興。

一　尤袤《全唐詩話》：「李勉鎮夷門，辟（翃）為幕屬，時已遲暮，不得意，多家居。一日，夜將半，客叩門急，賀曰：『員外除駕部郎中知制誥。』翃愕然曰：『誤矣！』時有同姓名者，御批曰：『春城無處不飛花，寒食東風御柳斜。日暮漢宮傳蠟燭，輕煙散入五侯家。』又批曰：『與此韓翃。』」

二　吳喬《圍爐詩話》：「唐之亡國，由於宦官握兵，實代宗授之以柄。此詩在德宗建中初，只『五侯』二字見意，唐詩之通於春秋者也。」

張繼

客船夜半記聞鐘，妙似天衣迥不同。莫謂求工忽詩病，反常合道振騷風。

一　歐陽修《六一詩話》：「詩人貪求好句，而理有不通，亦語病也。唐人有云：『姑蘇城外寒山寺，夜半鐘聲到客船。』句則佳矣，其如三更不是打鐘時。」

二　胡應麟《詩藪》：「『夜半鐘聲到客船』談者紛紛，皆為昔人愚弄。詩人借景立言，惟在聲律之調，興象之合，區區事實，彼豈暇計？無論夜半是非鐘聲，聞否未可知。」

三 吳喬《圍爐詩話》：「子瞻云：『詩以奇趣為宗，反常合道為趣。』此語最善。無奇趣，何以為詩？反常而不合道，是謂亂談；不反常而合道，則文章也。」

李益

詞章獨步開元後，《樂府》鷹揚大曆中。腸斷最憐商賈婦，《江南曲》奏袖啼紅。

一 《舊唐書・李益傳》：「長為歌詩，貞元末，與宗人李賀齊名。每作一篇，為教坊樂人以賂求取。」

二 胡應麟《詩藪》：「七言絕，開元以下，便當以李益為第一。如《從軍》、《西征》篇，皆可與太白、龍標競爽，非中唐所得有也。」

王播

記曾飯後始敲鐘，慚愧闍黎西復東。莫問舊題何處去？固知已被碧紗籠。

尤袤《全唐詩話》引《摭言》：「王播少孤貧，嘗客揚州惠照寺木蘭院，隨僧齋食。僧厭怠，乃齋罷而後擊鐘。後二紀，播自重位出鎮是邦，因訪舊院，向之題者，皆以碧紗幕其詩。播繼以二絕句曰：『三十年前此院遊，木蘭花發院新修。如今再到經行處，樹老無花僧白頭。』又『上堂已了各西東，慚愧闍黎飯後鐘。三十年來塵撲面，而今始得碧紗籠。』」

鄭虔

詩書與畫稱三絕，富貴榮華賜九重。偃蹇浩然難比擬，一遭放返一登庸。

一《新唐書．文藝．鄭虔傳》：「玄宗愛其才，欲置左右，以不事事，更為置廣文館，以虔為博士。……虔善圖山水，好書，常苦無紙，於是慈恩寺貯柿葉數屋，遂往日取葉肄書，歲久殆遍。嘗自寫其詩並畫以獻，帝大置其尾曰：『鄭虔三絕。』」

二　魏泰《臨漢隱居詩話》：「孟浩然入翰苑訪王維，適明皇駕至，浩然倉皇伏匿，維不敢隱而奏知。明皇曰：『吾聞此人久矣。』召使進所業，浩然誦：『北闕休上書，南山歸敝廬。不才明主棄，多病故人疏。』明皇曰：『我未嘗棄卿，卿自不求仕，何誣之甚也？』

因命放歸襄陽。」

鄭　綮

尋詩風雪灞橋中，驢背吟成句自工。笑彼枯腸搜太苦，三年兩句淚盈瞳。

一　李頎《古今詩話》：「或曰：『相國近為新詩否？』對曰：『詩思在灞橋風雪中驢子背上。此何以得之？』蓋言平生苦心也。」

二　范晞文《對牀夜語》：「『兩句三年得，一吟雙淚流。知音如不賞，歸臥故山秋。』島之詩，未必盡高，此心亦良苦矣。信乎非言之難，其聽而識之者難遇也。」

王　建

託古諷今工《樂府》，言情寄怨擅宮詞。自成一體名齊籍張籍，考鍛應教頷點夔。

一　《全唐詩·小傳》：「建工樂府，與張籍齊名。宮詞百首，尤傳誦人口。」

二　王士禎《漁洋詩話》：「王建創為新樂府，自成一體。」

盧綸

眞情流露見言談，讀罷公詩樂且耽。「多難」「少孤」休「掩泣」，天將大任降奇男。

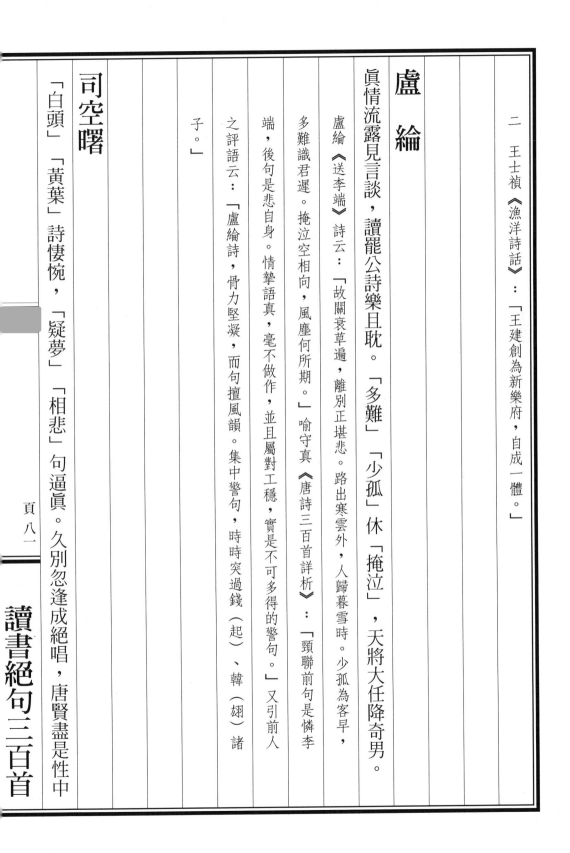

盧綸《送李端》詩云：「故關衰草遍，離別正堪悲。路出寒雲外，人歸暮雪時。少孤為客早，多難識君遲。掩泣空相向，風塵何所期。」喻守真《唐詩三百首詳析》：「頸聯前句是憐李端，後句是悲自身。情摯語真，毫不做作，並且屬對工穩，實是不可多得的警句。」又引前人之評語云：「盧綸詩，骨力堅凝，而句擅風韻。集中警句，時時突過錢（起）、韓（翃）諸子。」

司空曙

「白頭」「黃葉」詩悽惋，「疑夢」「相悲」句逼眞。久別忽逢成絕唱，唐賢盡是性中人。

一　范晞文《對牀夜語》：「司空曙：『乍見翻疑夢，相悲各問年。』久別倏逢之意，宛然在目。想而味之，情融神會，殆如直述。前輩謂唐人行旅聚散之作，最能感動人意，信非虛語。」

二　謝榛《四溟詩話》：「司空曙：『雨中黄葉樹，燈下白頭人。』善狀目前之景，無限淒感，見乎言表。」

耿湋

官罷家貧僕友疏，人情冷暖嘆欷歔。也應賦得成名句，才子千秋樂只且。

耿湋為大曆十才子之一，其《春日即事》云：「數畝東皋宅，青春獨屏居。家貧僮僕慢，官罷友朋疏。強飲沽來酒，羞看讀破書。閒花更滿地，惆悵復何如。」沈德潛注：「三四為當時傳誦。」按尤袤《全唐詩話》亦載此事。

崔峒

信手拈來句俊新，俗詞屑屑嬾鋪陳。卷開試把銀釭照，見寶披沙果是眞。

尤袤《全唐詩話》：「高仲武云：『峒詩文彩煥發，意思雅淡。如：「清磬度山翠，閒雲來竹房。」又「流水聲中視公事，寒山影裡見人家。」此亦披沙揀金，時時見寶也。』」

裴度

平定淮西立大功，台司重拜聖恩隆。《青蠅》聲拂鹽梅願，三徑歸來菊鬱葱。

葛立方《韻語陽秋》：「度自蔡入覲，塗中重拜台司。愈（韓愈）作詩云：『鵷鷺欲歸仙仗裏，熊羆還入禁營中。』觀度雋功如此，憲宗倘能終始用之，諸藩當股栗不暇，而敢桀驁乎？乃信用程异、皇甫鎛之徒，乘釁鐫詆，使度卒不能安於相位。故度嘗有詩云：『有意效承平，無功答聖明。灰心緣忍事，霜鬢為論兵。道直身還在，恩深命轉輕。鹽梅非擬議，葵藿是平生。白日長懸照，青蠅慢發聲。嵩陽舊田里，終使謝歸耕。』觀此則已無經世之意也。」

李愬

元和常侍遠從戎，入蔡擒吳大雪中。推食解衣親將士，慎謀能斷立奇功。

李愬雪夜擒吳元濟，司馬光《資治通鑑》評其「儉於奉己，而豐於待士。知賢不疑，見可能斷，此其所以成功也。」究及實際，係李愬善待吳元濟降將，尤其是李祐。吳秀琳降後獲釋，對李說：「公欲取蔡，非李祐不可。」不寧唯是，其餘投降將士，都厚加禮遇。真正做到「解衣衣我，推食食我。」故盡知敵營險易虛實，趁雪夜而擒之。

韓愈

茹古涵今才博大，掀雷抉電氣縱橫。鑽研經史無人及，力盡先生覺後生。

一　李漢《昌黎先生集序》：「比壯，諸史百子，皆搜抉無隱，汗瀾卓踔，奫泫澄深。……嗚呼！先生于文，摧陷廓清之功，比于武事，可謂雄偉不常者矣。」

二　皇甫湜《韓文公墓誌銘》：「先生之作，無圓無方。……茹古涵今，無有端涯。渾渾灝灝，不可窺校。鯨鏗春麗，驚耀天下。……嗚呼極矣，後人無以加之矣！姬氏以來，一人而已。」

孟郊

至死詩窮事苦吟，六經鼓吹意淵深。憐君幸遇青雲士，名姓流傳直到今。

一　胡震亨《唐詩談叢》：「孟郊、賈島，皆以詩窮至死，而平生尤自善為窮苦之辭。」

二　魏泰《臨漢隱居詩話》：「孟郊詩，蹇澀窮僻，琢削不假，真苦吟而成。」

賈島

兩句三年得淚流，苦吟覃慮鬼神愁。取詩致祭歲除日，韻事流傳百代悠。

一　范晞文《對牀夜語》：「『兩句三年得，一吟雙淚流。知音如不賞，歸臥故山秋。』島之詩，未必盡高，此心亦良苦矣。信乎非言之難，其聽而識之者難遇也。」

二　顧嗣立《寒廳詩話》：「賈長沙嘗於歲除，取一歲中所作詩，以酒脯祭之曰：『勞我精神，以此補之。』」

柳宗元

振俗移風化柳州，詩文力足與韓儔。使爲將相償其願，得失權衡定不售。

一　李調元《雨村詩話》：「柳子厚文配韓，其詩亦可配韓。」

二　韓愈《柳子厚墓誌銘》：「使子厚在臺省時，自持其身，已能如司馬、刺史時，亦自不斥；斥時有人力能舉之，且必復用不窮。然子厚斥不久，窮不極，雖有出於人，其文學辭章必不能自力，以致必傳於後如今，無疑也。雖使子厚得所願，為將相於一時，以彼易此，孰得孰失？必有能辨之者。」

張　祜

唱徹一聲「何滿子」，但餘雙淚孟才人。外孫龕臼延譽遠，杜牧嗟嘆亦效顰。

一　計敏夫《唐詩紀事》：「『故國三千里，深宮二十年。一聲何滿子，雙淚落君前。』祜所作宮詞也。傳入宮禁，武宗疾篤遷便殿，孟才人，以歌笙獲寵者，密侍其右。上目之曰：『吾當不諱，爾何為哉？』指笙囊泣曰：『請以此就縊。』上憫然。復曰：『妾嘗藝歌，請對上歌一曲，以洩其憤。』上以懇許之，乃歌『一聲何滿子』，氣亟立殞。」

二　葛立方《韻語陽秋》：「張祜詩云：『故國三千里，深宮二十年。』杜牧賞之，作詩云：『可憐故國三千里，虛唱歌詞滿六宮。』故鄭谷云：『張生故國三千里，知者惟應杜紫薇。』諸賢品題如是，祜之詩名，安得不重乎？」

張籍

姚讚古風無敵手，白云《樂府》少其倫。遺詞平淡慵文飾，寄興深涵尙率眞。

一　尤袤《全唐詩話》：「白樂天讀籍詩集云：『張公何為者？業文三十春。尤工《樂府》詞，舉代少其倫。』姚合讀籍詩集云：『妙絕江南曲，凄涼怨女詩。古風無敵手，新語是人知。』」

二　唐汝詢《唐詩解》：「張文昌《秋思》云：『洛陽城內見秋風，欲作歸書意萬重。忽恐匆匆說不盡，行人臨發又開封。』敘情最切，堪與『馬上相逢』頡頏。」

張志和

苕霅扁舟日往還，浮家泛宅樂悠閒。巍然節操人爭仰，千載嚴光伯仲間。

《新唐書・張志和傳》：「自稱煙波釣徒，每垂釣不設餌，志不在魚也。陸羽嘗問：『孰為往來者？』對曰：『太虛為室，明月為燭，與四海諸公共處，未嘗少別也，何有往來？』顏真卿為湖州刺史，志和來謁，真卿以舟敝漏，請更之。志和曰：『願為浮家泛宅，往來苕、霅間。』辯捷類如此。善圖山水，酒酣，或擊鼓吹笛，舐筆輒成。嘗撰漁歌，憲宗圖真求其歌，不能致。李德裕稱志和『隱而有名，顯而無事。不窮不達，嚴光之比。』」

李德裕

會昌拜相黨爭牛，溺愛平泉器小羞。爲政憫慈同寇恂，孤寒八百淚崖州。

一　李德裕《平泉山居記》有曰：「鬻平泉者，非吾子孫也；以平泉一木一石與人者，非佳子弟也。」夫木石特燕翫之物耳，其得失亦奚足道，而德裕寶之若是，後人譏其器小。

二　尤袤《全唐詩話》：「德裕頗為寒素開路，及謫官南去，或有詩曰：『八百孤寒齊下淚，一時回首望崖州。』」

顧況

逸歌長句寄情深，意出常人譽士林。別有苑中題葉句，挑他宮女漾春心。

一　皇甫湜為況文集序云：「偏於逸歌長句，駿發踔厲。往往若穿天心，出月脅，意外驚人語，非常人所能及。」

二　孟棨《本事詩》：「顧況在洛乘門，與三詩友遊於苑中，坐流水上。得大梧葉，題詩上曰：『一入深宮裏，年年不見春。聊題一片葉，寄與有情人。』況明日於上游，亦題葉上，放於波中。詩曰：『花落深宮鶯亦悲，上陽宮女斷腸時。帝城不禁東流水，葉上題詩欲寄誰？』後十餘日，有人於苑中尋春，又於葉上得詩以示況。詩曰：『一葉題詩出禁城，誰人酬和獨含情？自嗟不及波中葉，蕩漾乘春取次行。』」

權德輿

堂堂宰相擅宮詞，哀怨無傷《小雅》遺。至竟爲詩本餘事，文章宏敞重當時。

皇甫湜論權德輿之文云：「權文公之文，如朱門大第，而氣勢宏敞。廊廡廩廄，戶牖悉周。」

劉禹錫

壘摧元、白得驪珠，百代留名並世無。一自回朝膺重寄，詩文疏縱慢操觚。

一　計敏夫《唐詩紀事》：「長慶中，元微之、劉夢得、韋楚客，同會樂天舍，論南朝興廢，各賦金陵懷古詩。劉滿引一杯，飲已，即成曰：『王濬樓船下益州』云云。白公覽詩曰：

『四人探驪龍，子先獲珠，所餘鱗爪何用耶？』于是罷唱。」

二　吳喬《圍爐詩話》：「夢得佳詩，多朗、連、夔、蘇時作。主客以後，始自疏縱，與白傳唱和者，尤多老人衰颯之音，名宿猶爾，可不懍懍」

元稹

悼亡詩冠《遣悲懷》，語摯情眞嘆事乖。幸遇知音憐杜甫，凌雲壯志未湮埋。

一　章燮《唐詩三百首注疏》：「蘅塘退士曰：『古今悼亡詩充棟，終無能出其範圍者，幸勿以淺近忽之。』」

二　元稹《唐故工部員外郎杜君墓誌銘並序》：「至於子美，蓋所謂上薄風、騷，下該沈、宋；言奪蘇、李，氣吞曹、劉。掩顏、謝之孤高，雜徐、庾之流麗；盡得古今之體勢，而兼昔人之所獨專矣。……則詩人以來，未有如子美者。」

白居易

為時因事作詩文，千載騷壇樹一軍。流播雞林稱化主，宏揚聲教策殊勳。

一　白居易《與元九書》：「文章合為時而著，歌詩合為事而作。」

二　元稹：《白氏長慶集序》：「雞林賈人求市頗切，自云本國宰相每以百金換一篇，其甚偽者宰相輒能辨別之。」王世貞《藝苑卮言》卷八：「元和中，雞林賈人鬻元、白詩云：『東國宰相百金易一篇，偽者輒能辨。』」按：雞林，即新羅、朝鮮古國名。

三　唐代張為作《詩人主客圖》，以白居易為廣大教化主。王世貞《藝苑卮言》卷四云：「張為稱白樂天『廣大教化主』。用語流便，使事平安。」又云：「詩自正宗之外，如昔人所稱『廣大教化主』者，於長慶得一人，曰白樂天。」

朱慶餘

絕妙詞章敵萬金，生平有幸遇知音。翻憐對泣牛衣者，白首長懸捧日心。

洪邁《容齋詩話》：「予獨愛朱慶餘《閨意》一絕句，上張籍水部者。細味此章，元不談量女之容貌，而其華豔韶好，體態溫柔，風流醖藉，非第一人不足當也。……張籍酬其篇云：『越女妝成出鏡心，自知明豔更沈吟。齊紈未足人間貴，一曲菱歌敵萬金。』其愛之重之可見矣。」

項　斯

騰達飛黃肇敬之，逢人到處說公詩。古今多少莘莘子，附驥緣慳因數奇。

尤袤《全唐詩話》：「斯，始未為聞人，因以卷謁楊敬之，楊苦愛之，贈詩云：『幾度見詩詩盡好，及觀標格過于詩。平生不解藏人善，到處逢人說項斯。』未幾，詩達長安，明年擢上第。」

盧　仝

習習清風兩腋生，新茶七椀動吟情。笑余為得枯腸潤，禿筆搖前學試烹。

盧仝《走筆謝孟諫議寄新茶》云：「……一椀喉吻潤，兩椀破愁悶。三椀搜枯腸，惟有文字五千卷。四椀發輕汗，平生不平事，盡向毛孔散。五椀肌骨清，六椀通仙靈。七椀喫不得也，惟覺兩腋習習清風生。……。」

李　賀

七歲爲詩氣勢庬，《高軒》賦就兩公降。劇憐一夕修文去，嘒管行車震碧窗。

一　李頎《古今詩話》：「李賀七歲，以長短之製，名動京師。韓文公、皇甫湜過其父肅，見其子總角荷衣而出。二公不之信，因而試一篇。賀承命忻然，操觚染翰，旁若無人。仍目曰《高軒過》：『華裾織翠青如葱，金環壓轡搖玲瓏，馬蹄隱耳聲隆隆。入門下馬氣如虹，云是東京才子，文章鉅公。二十八宿羅心胸，九精耿耿貫當中。殿前作賦聲摩空，筆補造化天無功。龐眉書客感秋蓬，誰知死草生華風。我今垂翅負冥鴻，他日不羞蛇作龍。』二公大驚，以所乘馬聯鑣而還所居，親為束髮。」

二　嚴有翼《藝苑雌黃》：「李義山作李賀小傳云：『長吉將死時，忽晝見一緋衣人，駕赤虬，持一版，書若太古篆，云：「當召長吉。」長吉不能讀，欻下榻叩頭，言：「阿母老且病，賀不願去。」緋衣人笑曰：「帝成白玉樓，立召君為記。天上差樂不苦也。」長吉獨泣，邊人盡見之。少頃，長吉氣絕。所居窗中，聞行車嘒管之聲。』」

杜牧

韓、杜已隨赤松去，惟公解合續弦膠。寄情辭賦猶餘事，武略文韜學盡包。

一　杜牧《讀杜韓集》：「杜詩韓筆愁來讀，似倩痳姑癢處搔。天外鳳凰誰得髓？無人解合續弦膠。」

二　杜牧除著《罪言》、《戰論》、《守論》、《原十六衛》外，並注孫武十三篇。其《上李中丞書》云：頗涉「治亂興衰之迹，財賦兵甲之事。」自負如此。總因出身牛黨，會昌中，李德裕為相，以門戶之見，不肯顯擢。浮沈郎署，于役遠郡。詩酒自遣，寄興游冶。然豪邁之氣，溢于言表。（見新舊唐書本傳）

李商隱

集中難解是《無題》，背景模糊但益迷。才縱詞章不誰讓，並論老杜始頭低。

一　胡震亨《唐詩談叢》：「溫、李皆遊令狐相之門，交皆不終。溫不終，以平昔狼藉口語不慎，故恨尚淺。李不終，以其忘家恩，受贊皇黨人辟，從宦途門戶起見，恨較深。……然亦見當時黨禍之烈。」

二　吳喬《西崑發微》：「楊孟載云：『義山《無題》詩，皆寓言君臣遇合。』得其旨矣。」

三　蔡啟《蔡寬夫詩話》：「王荊公晚年亦喜稱義山詩，以為唐人知學老杜，而得其藩籬，惟義山一人而已。」

崔護

人面桃花憶豔容，驚聞死去淚霑胸。紅繩合是相牽足，復活于歸舞鳳龍。

孟棨《本事詩》：「博陵崔護，姿質甚美。清明日，獨遊都城南，得居人莊一畝之宮，而花木叢萃。扣門久之，有女子問曰：『誰耶？』以姓字對曰：『尋春獨行，酒渴求飲。』女入以杯水至，妖姿媚態，綽有餘妍。崔以言挑之，不對，目注者久之。崔辭去，送至門，如不勝情而入。及來歲清明日，逕往尋之，門牆如故，而已鎖扃之。因題詩於左扉曰：『去年今日此門中，人面桃花相映紅。人面不知何處去，桃花依舊笑春風。』後數日復往尋之，聞其中有哭聲，扣門問之，有老父出曰：『君非崔護邪？』曰：『是也。』又哭曰：『君殺吾女。』護驚起，莫知所答。老父曰：『吾女笄年知書，未適人。自去年以來，常恍惚若有所失。比日與之出，及歸，見左扉有字讀之，入門而病，遂絕食數日而死。吾老矣，此女所以不嫁者，將求君子以託吾身。今不幸而殞，得非君殺之耶？』又特大哭，崔亦感慟，請入哭之，尚儼然在牀。崔舉其首，枕其股，哭而祝曰：『某在斯，某在斯。』須臾開目，半日復活矣。父大喜，遂以女歸之。」

柳公權

御前諷諫傳佳話，正筆端應事正心。若使仲尼來考鍛，宰予子貢並成林。

一《舊唐書・柳公權傳》：「帝（文宗）問公權用筆法，對曰：『心正則筆正。』」

二　薛雪《一瓢詩話》：「柳公權云：『心正則筆正。』要知心正則無不正，學詩者尤為喫緊。」

徐彥伯

文章「澀體」不流行，變易成詞太矯情。創作求新須合道，衒奇適足惹譏評。

尤袤《全唐詩話》：「徐彥伯為文，多變易求新。以『鳳閣』為『鵷閣』；『龍門』為『虬戶』；『金谷』為『銑溪』；『玉山』為『瑀岳』；『竹馬』為『篠驂』；『月兔』為『魄兔』。進士效之，謂之『澀體』。」

李群玉

性好吹笙喜食鵝，俊容顛倒幾嫦娥。最憐即席詩驚座，才捷枚皋未足多。

尤袤《全唐詩話》：「群玉好吹笙，善《急就章》，喜食鵝，盧肇送詩云：『妙吹應諧鳳，工書定得鵝。』」其名作《杜丞相悰筵中贈美人》云：「裙拖六幅瀟湘水，鬢聳巫山一朵雲。貌態祇應天上有，歌聲豈合世間聞。胸前瑞雪燈斜照，眼底桃花酒半醺。不是相如憐賦客，肯教容易見文君。」語驚四座。

鄭畋

盛德言行自踐形，《馬嵬》一首句寧馨。將爲宰輔人僉說，應驗翻驚筆有靈。

尤袤《全唐詩話》：「馬嵬，太真縊所，題詩者多悽感。鄭畋為鳳翔從事日，題云：『玄宗回馬楊妃死，雲雨難忘日月新。終是聖朝天子事，景陽宮井又何人？』觀者以為有宰輔之器。」

關盼盼

兀自孤棲燕子樓，杜康無以解離愁。怪他白傅太多事，一縷香魂返首丘。

尤袤《全唐詩話》：「樂天有和《燕子樓詩》，其序云：『徐州張尚書有愛妓盼盼，善歌舞，雅多風態。張尚書既沒，彭城有張氏舊第，中有小樓，名燕子。盼盼念舊愛而不嫁，居是樓十餘年。……余又贈之絕句：「黃金不惜買蛾眉，揀得如花四五枝。歌舞教成心力盡，一朝身去不相隨。」盼盼反覆讀之，泣曰：「自公薨背，妾非不能死，恐百載之後，以我公重色，有從死之妾，是玷我公清範也，所以偷生耳。」乃和云：「自守空樓斂恨眉，形同春後牡丹枝。舍人不會人深意，訝道泉臺不去隨。」盼盼得詩後，怏怏旬日，不食而卒。』

趙嘏

愛妾無端帥強求，珠還合浦恨方休。《長安秋望》推佳構，贏得人稱「趙倚樓」。

一　尤袤《全唐詩話》：「嘏有美姬，浙帥奄有之。明年，嘏及第，因以一絕箴之，曰：『寂寞堂前日又曛，陽臺去作不歸雲。當時聞說沙吒利，今日青蛾屬使君。』浙帥不自安，遣一介歸之。嘏方出關，逢於橫水驛，姬抱嘏慟哭而卒。」

二　葛立方《韻語陽秋》「趙嘏《長安秋望詩》云：『殘星幾點雁橫塞，長笛一聲人倚樓。』當時人誦詠之，以為佳作，遂有『趙倚樓』之目。」

周朴

得句狂呼駭採樵，詩成名耀聖明朝。世間舉業知何似？腐鼠如飴快朵鴟。

一　尤袤《全唐詩話》：「周朴性喜吟詩，尤尚苦澀。每遇景物，搜奇抉思，日旰忘返。苟得一聯，則欣然自快。嘗野逢一負薪者，忽持之，且厲聲曰：『我得之矣。』樵夫矍然驚駭，掣臂棄薪而走。」

二　歐陽修《六一詩話》：「唐之晚年，詩人無復李、杜豪放之格，然亦務以精思相高。如周朴者，構思尤艱，每有所得，必極其雕琢，故時人稱朴詩『月鍛季煉，未及成篇，已播人口。』其名重當時如此。」

段成式

好學搜窮二酉山，梓成《雜俎》動江關。漫言半是無稽物，祕籍遺文在此間。

段成式撰《酉陽雜俎》，書中多詭怪不經之談，荒渺無稽之物。論者或病其浮誇，然遺文祕籍，往往藉是以傳。其曰《酉陽雜俎》者，蓋取梁元帝賦「訪酉陽之逸典」語也。（酉陽即小酉山，《元和郡縣志》：「小酉山下有穴，中有書千卷，舊云秦人避地隱學於此。」）

馬戴

言念湘君泛楚江，精瑚細琢韻琤瑽。晚唐嚴羽推無兩，揮灑乾坤筆似杠。

一 嚴羽《滄浪詩話》：「馬戴在晚唐諸人之上。」

二 楊慎《升庵詩話》：「馬戴《楚江懷古》，前聯雖柳惲不是過也。晚唐有此，亦希聲乎。嚴羽卿稱戴詩為晚唐第一，信非溢美。」

曹松

沙場飛鶴伏猿蟲，萬骨鋪成一將功。弔古名文胎被奪，李華甯不動於衷？

一 《抱朴子》：「周穆王南征，一軍盡化。君子為猿鶴，小人為蟲沙。」韓愈《送區弘南歸》詩：「穆昔南征軍不歸，蟲沙猿鶴伏以飛。」

二　曹松《己亥歲詩》：「澤國山河入戰圖，生民何計樂樵蘇？憑君莫話封侯事，一將功成萬骨枯。」李華《弔古戰場文》，世推名作。曹松奪其胎，而句益工。

溫庭筠

衒學左遷憎宰相，霸才無主忤宣宗。詩源濮下揚華豔，詞闢《花間》尚綺穠。

一　計敏夫《唐詩紀事》：「令狐綯嘗以舊事問飛卿，飛卿曰：『出於《南華》，非僻書也。或冀相公燮理之暇，時宜覽古。』綯益怒，奏飛卿有才無行，卒不得志。故飛卿詩曰：『固知此恨人多積，悔讀《南華》第二篇。』」

二　飛卿貶謫後，過陳琳墓，有詩曰：「詞客有靈應識我，霸才無主始憐君。」其自恃霸才如此。

三　尤袤《全唐詩話》：「溫庭筠才思豔麗，工於小賦。每入試，凡八叉手而八韻成，時號『溫八叉』。宣宗愛唱《菩薩蠻》詞，丞相令狐綯假其所撰密進之，戒令勿泄，而遽言於人，由是疏之。宣宗好微行，遇於逆旅，溫不識龍顏，傲然而詰之曰：『公非長史、司馬之流？」帝曰：「非也。」又曰：「得非六參、簿尉之類？」帝曰：「非也。」謫為方城尉。其制詞曰：「孔門以德行為先，文章為末。爾既德行無取，文章何以稱焉？徒負不羈之才，罕有適時之用。」竟流落至死。」

許渾

騷壇雜沓毀譽加，至竟無傷「偶對」誇。解識詞章無達詁，或訾佶屈或譽葩。

一　楊慎《升庵詩話》：「唐詩至許渾，淺陋極矣，而俗喜傳之，至今不廢。高棅編《唐詩品彙》，取至百餘首。甚矣！棅之無目也。」

二　彭國棟《澹園詩話》：「許渾詩，對仗工穩，為律詩正則。故宋稱渾七律，為唐詩第一。……學律詩者，當以渾為入手。升庵、修齡，貶詞過當，不可信也。」

鄭谷

空圖慧識「風騷主」，齊己尊稱「一字師」。賦就《鷓鴣》成絕唱，儒林百代姓名垂。

一　尤袤《全唐詩話》：「鄭谷幼年，司空圖見而奇之。撫其背曰：『當為一代風騷主。』」

二　魏慶之《詩人玉屑》：「鄭谷在袁州，齊己攜詩詣之。有《早梅》詩云：『前村深雪裏，昨夜數枝開。』谷曰：『數枝』非早也，未若『一枝』。齊己不覺下拜，自是士林以谷為一字師。」

韓偓

豺狼當道脫危阽，依附閩王且滯淹。末路英雄何所事？流連詩酒著《香奩》。

一　《新唐書．韓偓傳》：「偓嘗與崔胤定策誅劉季述，昭宗反正為功臣。胤召朱全忠討韓全誨，全誨劫帝西幸。偓夜追及鄂，見帝慟哭。至鳳翔，遷兵部侍郎，全誨誅，全忠臨階宣事，坐者皆去席，偓不動。全忠怒，貶濮州司馬。天祐二年復故官，偓不敢入朝，挈族南依王審知，卒。」

二　翁方綱《石洲詩話》：「韓致堯香奩之體，溯自《玉臺》。雖風骨不及玉溪生，然致堯筆力清澈，過於皮、陸遠矣，固不應盡以脂粉語擅場也。」

羅隱

貌寢偷窺負隔簾，佳人珠淚灑香奩。茂秦一例眇單目，長伴燕姬似鰈鶼。

袁枚《隨園詩話》：「古詩人遭際有幸與不幸焉。唐宰相鄭畋之女，愛讀羅隱詩，後隔簾窺其貌寢，遂終身不復再誦；明謝茂秦眇一目，貌不揚，而趙穆王愛其詩，酒闌樂作，出所愛賈姬，光華奪目，奏琵琶歌謝所作竹枝詞，即以贈之。」

司空圖

詩品平章爲廿四，梅鹽味好外酸鹹。揚風扢雅當圭臬，心折坡公口忍緘？

一　李頎《古今詩話》：「東坡云：『唐末，司空圖崎嶇兵亂之間，而詩文高雅，猶有承平遺風。其論詩曰：「梅止於酸，鹽止於鹹，飲食不可無鹽梅，而其美常在于酸鹹之外。」蓋自列其詩之有得于文字之表者，二十有四韻，恨當時不識其妙，予三復其言而悲之。』」

二　袁枚《隨園詩話》：「司空表聖論詩，貴得味外味。余謂今之作詩者，味內味尚不能得，況味外味乎？要之，以出新意去陳言為第一著。」

杜荀鶴

杜詩三百一聯中，花影禽聲碎復重。地下樊川應最樂，佳兒不負望成龍。

一　胡仔《苕溪漁隱叢話》：「苕溪漁隱曰：余看《幕府燕閒錄》云：『杜荀鶴詩，鄙俚近俗，惟宮詞為唐第一。故諺云：「杜詩三百首，惟在一聯中。」「風暖鳥聲碎，日高花影重。」是也。』」

二　周必大《二老堂詩話》：「《池陽集》載：杜牧之守郡時，有妾懷娠而出之，以嫁州人杜筠，後生子，即荀鶴也。此事人罕知。余過池陽有詩云：『千古風流杜牧之，詩材猶及杜筠兒。向來稍喜《唐風集》（原註：荀鶴詩集名《唐風》），今悟樊川是父師。』」

韋莊

別開詞境《浣花集》，言念伊人《荷葉杯》。寵妾豈應關大計，恨他三桂引兵來。

一　《新五代史・韋莊傳》：「莊有美姬，善文翰，高祖（王建）託以教宮人為詞，強奪去。莊作《謁金門》詞憶之。姬聞之，不食而死。」

二　楊偍《古今詞話》云：「韋莊以才名，寓蜀。王建割據，遂羈留之。莊有寵人，姿質豔麗，善詞翰，建聞之，託以教內人為辭，強莊奪去。莊追念悒怏，作《荷葉杯》、《小重山》詞，情意悽怨，人相傳播，盛行於時。姬後傳聞之，遂不食而卒。」

陳陶

絕唱居然出布衣，《隴西行》似瀉珠璣。李華漫詡才無匹，骨換詩成意更微。

一　《全唐詩・小傳》：「陳陶，自號三教布衣。」

二　魏泰《臨漢隱居詩話》：「李華《弔古戰場文》曰：『其存其沒，家莫聞知。人或有言，將信將疑。娟娟心目，夢寐見之。』陳陶則云：『可憐無定河邊骨，猶是深閨夢裏人。』」

蓋愈工於前也。」

讀劉知幾《史通》

治史售才等弄丸，妄增文彩譬飛鉗。且看芈罵商臣語，始信《春秋》記事嚴。

《左傳・文公元年》：「楚子將以商臣為太子，既又欲立王子職而黜太子商臣。商臣聞之而未察，告其師潘宗曰：『若之何而察之？』潘宗曰：『享江芈而勿敬也。』從之。江芈怒曰：『呼！役夫，宜君王之欲殺汝而立職也。』」

讀李公佐《南柯太守傳》

大槐安國建功多，富貴榮華盡享過。省識浮生都是幻，醒來一夢似《南柯》。

讀李華《弔古戰場文》

虎爭耗斁黯雙儀，治國端應守四夷。罔辨最憐蕭穎士，到頭未足謂眞知。

章學誠《文史通義・知難》：「世傳蕭穎士能識李華《古戰場文》，以為文章有真賞。夫言根於心，其不同也如面。穎士不能一見而知其為華，而漫云華足以及此，是未得謂之真知也。」

讀《花間集》

篇篇絕唱續《陽春》，玉鏤瓊雕曲調新。萬世詞人爲祖祧，元音鼓吹振精神。

歐陽炯《花間集序》：「昔郢人有歌《陽春》者，號為絕唱，乃命之為《花間集》。」

李後主

早期拊節心情爽，晚歲攤箋血淚描。人帝何如作詞帝，千秋聲望薄雲霄。

一　王國維《人間詞話》：「詞至李後主，而眼界始大，感慨遂深，遂變伶工之詞，而為士大夫之詞。」又曰：「詞人者，不失其赤子之心者也。故生於深宮之中，長於婦人之手，是後主為人君所短處，亦即為詞人所長處。」又曰：「尼采謂一切文學，余愛以血書者，後主之詞，真所謂以血書者也。」

二　佘雪曼說：「後主把這新興的詞體，從《花間集》外，提升到那麼崇高那麼渾成的程度，而為兩宋詞人所取法。譬為詞中之帝，那又是不幸中之大幸了！」

王禹偁

「兩株桃杏」句偏佳，妝點春居興靡涯。騰踔文章師子美，恪遵家數法公差。

一　蔡啟《蔡寬夫詩話》：「王元之《春居雜興》：『兩株桃杏映籬斜，妝點商山副使家。何事春風容不得？和鶯吹折數枝花。』其子嘉祐云：『老杜嘗有「恰似春風相欺得，夜來吹折數枝花。」之句，語頗相近，因請易之。』元之忻然曰：『吾詩精詣，遂暗合子美邪？』乃更為詩曰：『本與樂天為後進，敢期杜甫是前身。』卒不復易。」

二　《左傳．襄公十有四年》：「衛獻公出奔齊，公孫丁御，子魚（庾公差）曰：『射為背師，不射為戮，射為禮乎？』射兩軥而還。尹公佗（庾公差之副駕駛）曰：『子為師，我則遠矣。』及反。公孫丁授公轡而射之，貫臂。」（按《孟子．離婁》亦載此事，惟人物姓名則略有出入。）此言禹偁遵守老杜家數，亦如春秋庾公差之與公孫丁，不敢背師也。

林逋

爭憐「疏影橫斜」句，誰省「曾無封禪書。」恰似伯姬與西子，少人欣賞眾人譽。

一　林逋《自作壽堂因書一絕以志之》云：「湖上青山對結廬，墳前修竹亦蕭疏。茂陵他日求遺稿，猶喜曾無封禪書。」《漢書．司馬相如傳》：「相如既病免，家居茂陵。天子曰：『司馬相如病甚，可往從悉取其書。』使所忠往，而相如已死，問其妻，對曰：『長卿未死時，為一卷書，曰：「有使來求書，奏之。」』其遺札書言封禪事。」

二　春秋宋恭伯姬貞烈故事，見劉向《列女傳．貞順傳》。

寇準

詞章淒惋世欽遲，千載重瞻宋玉徽。誰識廟堂仁宰輔，澶淵定策振天威。

一　司馬光《溫公續詩話》：「寇萊公詩，才思融遠。年十九進士及第，初知巴東縣，有詩云：『野水無人渡，孤舟盡日橫。』又嘗為《江南春》云：『波渺渺，柳依依，孤村芳草遠，斜日杏花飛。江南春盡離腸斷，蘋滿汀洲人未歸。』為人膾炙。」

二　胡仔《苕溪漁隱叢話》：「忠愍詩思淒惋，蓋富於情者。如《江南春》云云，疑若優柔無斷者。至其委端廟堂，決澶淵之策，其氣銳然，奮仁者之勇，全與詩意不相類，蓋人之難知也如此。」

楊億

方離襁褓未能言，忽解吟詩似化鯤。信是讀書前世事，底須升木以教猿？

一　周紫芝《竹坡詩話》：「世傳楊文公方離襁褓，猶未能言。一日，其家人攜以登樓，忽自語如成人。因戲問之：『今日上樓，汝能作詩乎？』即應聲曰：『危樓高百尺，手可摘星辰。不敢高聲語，怕驚天上人。』」（按李頎《古今詩話》亦載此事）。

二　袁枚《隨園詩話》：「諺云：『讀書是前世事。』余幼時家中無書，借得《文選》，見《長門賦》一篇，恍如讀過，《離騷》亦然。方知諺語之非誣。毛俟園廣文有句云：『名須沒世稱纔好，書到今生讀已遲。』」

晏殊

歐陽、范、孔出其門，丞相威儀望益尊。餘事詩詞俱絕妙，象徵富貴沐天恩。

一　宋仁宗時，公為相。范仲淹、孔道輔、歐陽修等皆出其門，富弼、楊察皆其壻。

二　佚名《漫叟詩話》：「江為有詩云：『吟登蕭寺旃檀閣，醉倚王家玳瑁筵。』或謂作此詩者決非貴族。或人評『軸裝曲譜金書字，樹記名花玉篆牌』之句，乃乞兒口中語。胡苕溪云：『青箱雜記亦載此事。乃晏元獻云：「此詩乃乞兒相，未嘗識富貴者。」故公每言富貴，不及金玉錦繡，惟說氣象。若「梨花院落溶溶月，柳絮池塘淡淡風。」及「樓臺側畔楊花過，簾幕中間燕子飛。」之類是也。公自以此句語人曰：「窮人家有此景否？」』」

蘇舜欽

詩好常教擊唾壺，歐公激賞世咸孚。珠璣萬斛人驚駭，百代留名並聖俞。

歐陽修《六一詩話》：「子美筆力豪雋，以超邁橫絕為奇。余嘗於《水谷夜行詩》略道其一二云：『子美氣尤雄，萬竅號一噫。有時肆顛狂，醉墨洒滂霈。譬如千里馬，已發不可殺。盈前盡珠璣，一一難揀汰。……蘇豪以氣轢，舉世徒驚駭。』」

梅堯臣

嘗於席上詠河豚，頃刻而成酒尙溫。筆力遒雄驚四座，蔚爲絕唱價逾璠。

歐陽修《六一詩話》：「梅聖俞嘗於范希文席上賦《河豚魚詩》云：『春洲生荻芽，春岸飛楊花。河豚當是時，貴不數魚蝦。』河豚常出於春暮，群游水上，食絮而肥。南人多與荻芽為羹，云最美。故知詩者謂祇破題兩句，已道盡河豚好處。聖俞平生苦於吟詠，以閒遠古淡為意，故其構思極艱。此詩作於樽俎之間，筆力雄贍，頃刻而成，遂為絕唱。」

歐陽修

咸推兩宋大文宗，力矯西崑弊萬重。師事杜公人膾炙，紆尊降貴態彌恭。

一　葉夢得《石林詩話》：「歐陽文忠公始矯『崑體』，專以氣格為主，故其言多平易疏暢。」

二　葛立方《韻語陽秋》：「歐公與尹師魯、蘇子美俱出杜祁公之門。歐公雖貴，猶不替門生之禮。和祁公詩云：『麈柄屢揮容請益，龍門雖峻許先登。立朝行己師資久，寧止篇章此服膺。』又云：『公齋每偷暇，師席屢攻堅。善誨常無倦，餘談亦可編。』又云：『昔日青衫遇知己，今來白首再升堂。』蓋未嘗一日忘祁公也。」

劉筠

受知楊億振西崑，積弊紛紛起議論。橐筆務求堆故實，鑿亡混沌地天昏。

一　魏泰《臨漢隱居詩話》：「楊億、劉筠作詩務積故實，而語意輕淺。一時慕之，號『西崑體』，識者病之。」

二　張表臣《珊瑚鉤詩話》：「篇章以含蓄天成為上，破碎雕鎪為下。如楊大年『西崑體』，非不佳也，而弄斤操斧太甚，所謂七日而混沌死也。」

范仲淹

雍容光霽仰謙沖，大德眞如草偃風。夏弄潢池焉敢犯？甲兵數萬在胸中。

一　謝榛《四溟詩話》：「范希文作《嚴子陵祠堂記》云：『先生之德，山高水長。』李泰伯易『德』為『風』，至今彰希文之服善。」

二　宋仁宗時，西夏趙元昊反，仲淹以龍圖閣直學士鎮守延州，主持邊務數年，夏人相戒莫敢犯。曰：「小范老子，胸中自有數萬甲兵。」（見宋史本傳）。

張先

外孫齏臼推三影，遷客騷人無異聲。金谷歸來迎燕燕，玉樓低唱有鶯鶯。

一　陳師道《後山詩話》：「尚書郎張先善著詞，有云『雲破月來花弄影』，『簾幕捲花影』，『墮輕絮無影』，世稱誦之，號張三影。」

二　葉夢得《石林詩話》：「張先郎中，能為詩及樂府，至老不衰。居錢塘，蘇子瞻作倅時，先年已八十餘，視聽尚精強，家猶畜聲妓，子瞻嘗贈以詩云：『詩人老去鶯鶯在，公子歸來燕燕忙。』蓋全用張氏故事戲之。先和云：『愁似鰥魚知夜永，嬾同蝴蝶為春忙。』極為子瞻所賞。」

柳永

太液波翻沒霸才，仕途偃蹇《醉蓬萊》。屯田藉作南山臥，藝苑驚看豹變來。

一　陳師道《後山詩話》：「柳三變遊東都南、北二巷，作新樂府，骫骳從俗，天下詠之，遂傳禁中。仁宗頗好其詞，每對酒，必使侍從歌之再三。三變聞之，作宮詞號《醉蓬萊》，因內官達後宮，且求其助。仁宗聞而覺之，自是不復歌其詞矣。會改京官，乃以無行黜之，後改名永，仕至屯田員外郎。」

二　黃昇《花庵詞選》：「永為屯田員外郎，太史奏老人星見，時秋霽，宴禁中，仁宗命左右詞臣為樂章，內侍屬柳應制。柳方冀進用，作《醉蓬萊》詞奏呈。上見有『漸』字，色若不懌。讀至『宸遊鳳輦何處』乃與御製真宗輓詞暗合，上慘然。又讀至『太液波翻』，曰：『何不言太液波澄？』投之於地，自此不復擢用。」以上二說，大同小異，并錄之。

王安石

爲相清廉志慮寬，誓將宋室奠磐安。迹知笑彼王中甫，蕙帳空憐起曉寒。

葉夢得《石林詩話》：「王介字中甫，博學善譏謔。與王荊公遊，甚欵曲，然未嘗降意少相下。熙寧初，荊公以翰林學士被召，前此屢召不起，至是始受命。介以詩寄云：『草廬三顧動幽蟄，蕙帳一空生曉寒。』用蕙帳事，蓋有所諷。荊公得之大笑。他日作詩，有『丈夫出處非無意，猿鶴從來不自知。』之句，蓋為介發也。」

周敦頤

無極翻成太極圖，中華道統賴匡扶。咸推理學先驅者，昭穆雙程祧奉朱。

敦頤繼承《易傳》、《中庸》和道教思想，依托道士陳摶的《無極圖》，提出一個簡單而有系統的宇宙構成論，說「無極而太極」。「太極」一動一靜，產生陰陽萬物。「萬物生生而變化無窮焉，惟人也得其秀而最靈」（《太極圖說》）。聖人又模仿「太極」建立「人極」。「太極」即「誠」，「誠」是「純粹至善」的「五常之本，百行之源也。」是道德的最高境界。只有通過主靜、無欲，才能達到這一境界。他提出的太極、理、氣、性、命等，成為宋、明理學的基本範疇，而他本人即成為理學的先驅者。入室弟子有程顥、程頤二兄弟，朱熹為其集大成。宋史載：淳熙五年（一一七八），朱熹知南康軍，為建周敦頤祠，配以程顥、程頤，憲章理學。

程顥．程頤

倡言「盡性」理推窮，述作汪洋「仁」是宗。洞燭幾微心即道，人生底處不源逢？

程顥與弟程頤皆學于周敦頤，同為北宋理學的奠基者，世稱「二程」。提出「天者理也」和「只心便是天，盡之便知性」的命題，認為知識、真理的來源，只是內在于人的心中，「當處便認取，更不可外求」（《遺書》卷二上）。使心寂然無事，「廓然大公」，「內外兩忘」，即能「窮理」、「盡性」。為學以「識仁」為主。認為「仁者渾然與物同體，禮義智信皆仁也。」識得此理，便須「以誠敬存之」（同上）。倡導「傳心」說，認為前聖後聖所傳的不是聖人之道、聖人之心，而是自己的心，「己之心，無異聖人之心。」「欲傳聖人之道，擴充此心焉耳。」承認「天地萬物之理，無獨必有對。」（《遺書》卷十一）他和弟頤的學說，後來為朱熹所繼承和發展，世稱程朱學派。

張載

氣生萬物理推原，物與民胞道截根。說近程、朱異王守仁陸九淵，斐然成就一家言。

北宋理學家，嘗講學關中，故其學派被稱為「關學」。提出「太虛即氣」的學說，肯定「氣」是充塞宇宙的實體，由于「氣」的聚散變化，形成各種事物的現象。「形聚為物，形潰反原」，物質的氣不生不滅。批判佛、道兩家關于「空」、「無」的觀點。指出氣「一物二體」，存在着對立矛盾，為物質世界運動變化的內在原因，「天地變化，二端而已。」猜測到事物對立面統一的某些原理。他認為「有反斯有仇，仇必和而解。」即傾向于矛盾的調和。從人和物同受「天地之氣」以生出發，強調「無一物非我」，說「民吾同胞，物吾與也。」在人性學說上提出「天地之性」和「氣質之性」對立的命題；在教育思想上強調「學以變化氣質」。其思想對宋、明理學影響很大。

司馬光

盡將精力編《通鑑》，餘事詞章耀古今。藉甚西江歌皓月，風懷誕放話儒林。

趙令畤《侯鯖錄》云：「司馬文正公言行俱高，然亦每有謔語，有長短句云云，風味極不淺，乃《西江月》詞也。」按溫公詞（詠佳人）云：「寶髻鬆鬆挽就，鉛華淡淡妝成。紅煙翠霧罩輕盈。飛絮游絲無定。相見爭如不見，有情還似無情。笙歌散後酒微醒。深院月明人靜。」

蘇洵

逸興常隨醉裏來，況聞雛鳳噦懷開。眼看百鳥皆收翼，把酒臨風亦快哉！

一 葉夢得《石林詩話》：「明允詩有：『佳節屢從愁裏過，壯心時傍醉中來。』之句，其意氣尤不少衰。明允詩不多見，然精深有味，語不徒發，正類其文。」

二 葛立方《韻語陽秋》：「東坡跋梅聖俞詩後云：『先君與梅二丈遊時，軾與子由弟年甚少，未有知者。家有老泉作詩云：「歲月不知老，家有雛鳳凰。百鳥戢羽翼，不敢呈文章。」』則二蘇當少年時，已擅文價矣。」

蘇軾 二首

勝事應教頌萬年，英才化育德齊天。扶輪道統垂青史，並世誰人共比肩？

一 葛立方《韻語陽秋》：「東坡喜獎與後進，有一言之善，則極口褒賞，使其有聞於世而後已。故受其獎者，亦踴躍自勉，樂於修進，而終為令器。若東坡者，其有功於斯文哉，其有功於斯人哉！」

二 張表臣《珊瑚鉤詩話》：「東坡先生，人有尺寸之長，瑣屑之文，雖非其徒，驟加獎借，如曇秀『吹將草木作天香』、妙總『知有人家住翠微』之句，仲殊之曲，惠聰之琴，皆咨嗟歎美，如恐不及。至於士大夫之善，又可知也。觀其措意，蓋將攬天下之英才，提拂誘掖，教裁成就之耳。夫馬一駸驥坂，則價十倍，士一登龍門，則聲烜赫，足以高當時而名後世矣。嗚呼！惜公逝矣，而吾不及見之矣。」

其二

生來胸自具洪爐，金錫銅銀鑄冶都。辭賦別開新世界，度長絜大古今無。

一 沈德潛《說詩晬語》：「蘇子瞻胸有洪爐，金銀鉛錫，皆歸鎔鑄。其筆之超曠，等於天馬脫羈，飛仙遊戲，窮極變幻，而適如意中所欲出，韓文公後，又開闢一境界也。」

二 周紫芝《竹坡詩話》：「李端叔嘗為余言，東坡云：『街談市語，皆可入詩，但要人鎔化耳。』觀此亦可以知其鎔化之功也。」

三 強幼安《唐子西文錄》：「余作《南征賦》，或者稱之，然僅與曹大家輩爭衡耳。惟東坡《赤壁》二賦，一洗萬古，欲彷彿其一語，畢世不可得也。」

蘇轍

文章簡潔似其人，浩汗汪洋義理新。常謂浮生唯利欲，也同禽獸忽成陳。

強幼安《唐子西文錄》：「蘇黃門云：『人生逐日，胸次須出一好議論。若飽食煖衣，惟利欲是念，何以自別于禽獸？』」

黃庭堅

斐然詩派創江西，欲振元音杜甫齊。換骨奪胎人膾炙，要知鎔化是前提。

一　惠洪《冷齋夜話》：「山谷云：『詩意無窮，而人才有限。以有限之才，追無窮之意，雖淵明、少陵不得工也。不易其意而造其語，謂之換骨法；規摹其意而形容之，謂之奪胎法。』」

二　吳興韋《梅磵詩話》：「奪胎換骨之法，詩家有之，須善融化，則不見蹈襲之迹。」

陳師道

學次蘇、黃力過秦（秦觀），吟詩有癖逐家人。生平著作存天地，二酉窮探歷苦辛。

一　紀曉嵐序陳後山詩抄：「五古劖刻堅苦，出入郊、島之間。意所孤詣，殆不可攀。七古多效昌黎，而雜以涪翁之格。五律蒼堅瘦勁，實逼少陵。七律嶔崎磊落，矯矯獨行。要不失為北宋巨手。」

二　袁枚《隨園詩話》：「陳後山作詩，家人為之逐去，貓犬嬰兒，都寄別家，此即少陵所謂：『語不驚人死不休』也。」

秦觀

蘇、王嘖嘖並欽遲，才學眞堪冠一時。婉麗清新如鮑、謝，漫將視作女郎詩。

一　胡仔《苕溪漁隱叢話》：「東坡嘗有書薦少游於荊公，云：『向屢言高郵進士秦觀太虛，公亦粗知其人，今得其詩文數十首，拜呈，詞格高下，固已無逃於左右。此外博綜史傳，通曉佛書，若此類未易一一數也。』荊公答書云：『示及秦君詩，適葉致遠一見，亦以謂清新婉麗，鮑、謝似之。公奇秦君，口之而不置；我得其詩，手之而不釋。』」

二　元好問《論詩絕句》評少游詩云：「有情芍藥含春淚，無力薔薇臥晚枝。拈出退之山石句，始知渠是女郎詩。」公自註：「余嘗從先生（王中立）學，問『作詩究竟當如何？』先生舉秦少游《春雨詩》云：『有情芍藥含春淚，無力薔薇臥晚枝。』若以退之『芭蕉葉大梔子肥』之句校之，則《春雨》為婦人語矣。破卻工夫，何至學婦人！」

張耒

宋朝《樂府》譽無雙，文更雄遒筆似杠。一自坡公仙逝後，閒愁付與木蘭艭。

一　周紫芝《竹坡詩話》：「本朝《樂府》，當以張文潛為第一。」

二　耒在潁州，聞蘇軾訃，為舉哀行服，遂被貶。嘗賦《絕句》以抒懷云：「亭亭畫舸繫春潭，直待行人酒半酣。不管煙波與風雨，載將離恨過江南。」

曾鞏

腹笥便便貯六經，明清士子作儀型。如何一代操觚者，卻與詩詞判渭涇。

一 沈德潛《說詩晬語》：「曾子固下筆時，目中不知劉向，何論韓愈？子固之文，未必高於中壘、昌黎也，然立志不苟如此，作詩須得此意。」

二 陳師道《後山詩話》：「曾子固短於韻語。」袁枚《隨園詩話》：「曾子固偶作小歌詞，讀者笑倒，亦天性少情之故。」

宋祁

禮闈新擢狀元郎，彩筆生花書著《唐》。賦得「蓬萊」詩一句，聖恩浩蕩賜紅妝。

一 宋祁與兄庠同時舉進士，禮部奏祁為第一，庠第三。章獻太后不欲以弟先兄，乃擢庠第一，而置祁第十。爾後，祁與歐陽修等合修《新唐書》，祁負責撰寫列傳部份。

二 袁枚《隨園詩話》：「宋真宗時，宋子京乘車路遇宮人，知為狀元，呼曰：『小宋耶？』子京賦詩，有『更隔蓬山一萬重』之句，流傳禁中，真宗知之，賜以宮女曰：『蓬山不遠。』」

石曼卿

立言往往合時宜，聯對渾成眾口碑。爲賦《紅梅》留韻事，被嘲帶骨與黏皮。

一　司馬光《溫公續詩話》：「章獻太后上仙，群臣進挽歌數百首，惟曼卿一聯首出，曰：『震出坤柔變，乾成太極虛。』太后稱制日，仁宗端拱，至是始親萬幾。曼卿詩切合時宜，又不卑長樂也。」又曰：「李長吉歌『天若有情天亦老』，人以為奇絕無對。曼卿對『月如無恨月長圓』，人以為勍敵。」

二　黃徹《䂬溪詩話》：「石曼卿《紅梅》詩云：『認桃無綠葉，辨杏有青枝。』東坡謂有村學中體。嘗嘲之曰：『詩老不知梅格在，故看綠葉與青枝。』」蓋嘲其黏皮帶骨也。

惠　崇

一枝彩筆擅丹青，更善摛辭四座驚。底事宋賢爭說道：「古人詩句犯師兄？」

一　蘇軾題惠崇《春江曉景》云：「竹外桃花三兩枝，春江水暖鴨先知。蔞蒿滿地蘆芽短，正是河豚欲上時。」

二　司馬光《溫公續詩話》：「惠崇詩有『劍靜龍歸匣，旗閒虎繞竿。』其尤自負者，有『河分岡勢斷，春入燒痕青。』時人或有譏其犯古者，嘲之：『河分岡勢司空曙，春入燒痕劉長卿。不是師兄多犯古，古人詩句犯師兄。』」

呂本中

發明「活法」振騷葩，句似彈丸準不差。規矩嫺時窮變化，病除粗硬與杈枒。

一　呂本中序《夏均父詩集》曰：「學詩當識活法，規矩備具，而能出於規矩之外，變化不測，而亦不變於規矩也。是道也，蓋有定法而無定法，無定法而有定法，知是者則可以語活法也。謝元暉有言：『好詩流轉圓美如彈丸。』此真活法也。」蓋本中欲以此法挽救宋

初粗硬杈枒之病也。（引梁昆著《宋詩派別論》）

二 陸游序《呂居仁詩集》曰：「汪洋宏肆，兼備眾體，間出新意，愈奇而愈渾厚，震耀耳目而不失高古，一時學士宗焉。」

米元章

書畫一經臨搨後，區分新舊費推敲。賺來古本難勝數，卻自無心學解嘲。

葛立方《韻語陽秋》：「米元章書畫奇絕，從人借古本自臨搨，臨竟，併與臨本真本還其家，令自擇其一，而其家不能辨也。以此得人古書畫甚多。東坡屢有詩譏之。二王書跋尾則云：『錦囊玉軸來無趾，粲然奪真擬聖智。』又云：『巧偷豪奪古來有，一笑誰似癡虎頭。』」

潘大臨

偶來詩思敗催租，風雨重陽興轉孤。瑣瑣詎知千載後，成名全不費工夫。

葛立方《韻語陽秋》：「謝無逸問潘大臨云：『近日曾作詩否？』潘云：『秋來日日是詩思。昨日捉筆得「滿城風雨近重陽」之句，忽催租人至，令人意敗，輒以此一句奉寄。』亦可見思難而敗易也。」

辛棄疾

詞家本色筆雄渾，半闋吟成氣已吞。不屑屑於兒女語，柳三秦七漫相論。

周濟《介存齋論詞雜著》：「稼軒不平之鳴，隨處輒發。有英雄語，無學問語，故往往鋒穎太露。然其才情富艷，思力果銳，南北兩朝，實無其匹，無怪流傳之廣且久也。世以蘇、辛並稱，蘇之自在處，辛偶能到。辛之當行處，蘇必不能到。二公之詞，不可同日語也。後人以粗豪學稼軒，非徒無其才，並無其情。稼軒固是才大，然情至處，後人萬不能及。」

劉過

借力青雲會稼軒，羊羹賦罷酒猶溫。英雄才子傳佳話，相惜惺惺道義敦。

蔣正子《山房隨筆》：「辛稼軒帥浙東時，晦菴、南軒任倉憲使。劉改之欲見辛，不納。二公為之地，云：『某日公燕至後筵便坐，君可來。門者不納，但喧爭之，必可入。』既而，改之如所教，門外果諠譁。辛問故，門者以告，辛怒甚。二公因言改之豪傑也，善賦詩，可試納之。改之至，長揖。公問：『能詩否？』曰：『能』。時方進羊腰腎羹，辛命賦之。改之對：『寒甚，願乞巵酒。』酒罷，乞韻。時飲酒手顫，餘瀝流於懷，因以『流』字為韻。即吟云：『拔毫已付管城子，爛首曾封關內侯。死後不知身外物，也隨樽酒伴風流。』辛大喜，命共嘗此羹，終席而去，厚餽焉。」

李清照

媠容巾幗壓鬚眉，機杼天成格調奇。學富偏逢時勢變，情懷跌宕發於詞。

一 紀曉嵐《四庫提要》：「清照以一婦人而詞格乃抗軼周、柳，雖然篇帙無多，固不能不寶而存之，為詞家一大宗矣。」

二　沈謙《詞苑叢談引》：「男中李後主，女中李易安，極是當行本色。前此太白，故稱『詞家三李。』」

晏幾道

格調眞堪鬥色絲，徽音爭說雅騷遺。毀譽至竟非三癖，顚沛都因是四癡。

一　晉王濟有馬癖，和嶠有錢癖，杜預有《左傳》癖，世稱「三癖」。黄山谷云：「晏幾道有四癡：（一）不依貴人；（二）不作諛語；（三）揮金似土；（四）律己恕人。」

二　陳廷焯《白雨齋詞話》：「小山詞，如『去年春恨卻來時，落花人獨立，微雨燕雙飛。』又『當時明月在，曾照彩雲歸。』既閒婉，又沈著，當時更無敵手。又『明年應賦送君詩，細從今夜數，相會幾多時。』淺處皆深。又『從別後，憶相逢，幾回魂夢與君同。今宵賸把銀釭照，猶恐相逢是夢中。』曲折深婉。自有艷詞，更不得不讓伊獨步。」

周邦彥

下開姜、史繼蘇、秦，四海佳譽集一身。細嚼詞華尋外味，箇中三昧最甘醇。

一　紀曉嵐《四庫提要》：「《宋史・文苑傳》稱：『邦彥疏儁少檢，不為州里推重。好音樂，能自度曲，製樂府長短句，詞韻清蔚。』邦彥妙解聲律，為詞家之冠。所製諸調，不獨音之平仄宜遵，即仄字中上去入三音，亦不容相混。所謂分劃節度，深契微芒。」

二　陳廷焯《白雨齋詞話》：「詞至美成，乃有大宗。前收蘇、秦之終，後開姜、史之始。自有詞人以來，不得不推為巨擘。後之為詞者，難出其範圍。然其妙處，亦不外沈鬱頓挫。頓挫則有姿態；沈鬱則極深厚。既有姿態，又極深厚，詞中三昧，亦盡於此矣。」

姜　夔

裁雲縫月筆如神，戛玉敲金句絕倫。最是低徊歌唱後，盤空清氣壓城闉。

一　戈載《白石詞跋》：「白石之詞，清氣盤空，如野雲孤飛，去留無跡。其高遠峭拔之致，前無古人，後無來者，真詞中之聖也。」

二 陳廷焯《白雨齋詞話》：「姜堯章詞，清虛騷雅，每於伊鬱中饒蘊藉。清真之勁敵，南宋一大家也。夢窗、玉田諸人，未易接武。」

賀鑄

梅子黃時細雨濛，句成人盡服其工。憑將一掬傷心淚，灑向悠揚角徵中。

一 周紫芝《竹坡詩話》：「賀方回嘗作《青玉案》詞，有『梅子黃時雨』之句，人皆服其工，士大夫謂之『賀梅子』」。

二 陳廷焯《白雨齋詞話》：「方回詞，胸中眼中，另有一種傷心說不出處，全得力於楚騷。而運以變化，允推神品。」又曰：「方回詞極沈鬱，而筆勢卻又飛舞，變化無端，不可方物，吾烏乎測其所至？」

岳飛

誓掃胡塵靖泰階，班師揮淚灑金牌。韓、彭、絳、灌輸文釆，武聖雲長是儷偕。

《宋史．岳飛傳》：「論曰：『西漢而下，若韓、彭、絳、灌之為將，代不乏人，求其文武全器，仁智並施，如宋岳飛者，一代豈多見哉？史稱關雲長通春秋左氏學，然未嘗見其文章。飛北伐軍至汴梁之朱仙鎮，有詔班師，飛自為表答詔，忠義之言流出肺腑，真有諸葛孔明之風。而卒死於秦檜之手，蓋飛與檜勢不兩立，使飛得志，則金仇可復，宋恥可雪；檜得志，則飛有死而已。昔劉宋殺檀道濟，道濟下獄嗔目曰：「自壞汝萬里長城。」高宗忍自棄其中原，故忍殺飛。嗚呼冤哉！嗚呼冤哉！』」

胡銓

兩朝和議力廷爭，萬死無辭博一生。宋室不亡檀濟在，肯教奸宄毀長城？

宋高宗紹興八年，秦檜決策主和，金使以詔諭江南為名，欲令高宗下拜。檜等以為為達成和議，應從權允許，而中外洶洶，銓乃抗疏力爭，疏中亟言屈膝下拜之不可。及孝宗隆興二年十一月，詔又以和戎遣使大詢于庭，侍從臺諫預議者凡十有四人。主和者半，可否者半，言不可和者，銓一人而已。銓復上疏論之，以為和議若成，則有可弔者十；若不成，則有可賀者十。銓畢生反對和議，蓋以為無敵國外患者國恆亡也。（見《宋史・胡銓傳》）

李綱

託物興懷詠《病牛》，耕犂力盡喘殘留。中原未復心中恨，底日廷前借箸籌？

宋室南遷，高宗拜李綱為相，因主張進駐南陽以取中原，並招撫河北、河東義軍，在敵後抗戰。這兩項建議，都與高宗妥協方針衝突，致為相七十二天即遭罷黜，落職居鄂州（今湖北武昌）。乃作《病牛》以明志云：「耕犂千畝實千箱（同廂），力盡筋疲誰復傷？但得眾生皆得飽，不辭羸病臥殘陽。」

讀郭茂倩《樂府詩集》

《樂府》詩篇盡網羅，八音與政永通和。桑間濮下都刪卻，留與風人拊節歌。

朱子

理、氣、陰陽道闡明，參天德澤誨群英。考亭學派流風遠，繼述雙程集大成。

朱熹在哲學上發展了二程關于理氣關係的學說，集理學之大成，建立了一個完整的客觀唯心主義的理學體系。認為理氣相依而不能相離，「天下未有無理之氣，亦未有無氣之理。」「有是理便有是氣，但理是本。」把一理和萬理看作「理一分殊」的關係。提出「凡事無不相反以相成」，事物「只有一分為二，節節如此，以至於無窮，皆是一生兩爾。」陰中有陰陽，陽中又有陰陽。強調知先行後，但又認為「知行相須」，注意到行在認識中的重要性。強調「天理」和「人欲」的對立，要求人們放棄「私欲」，服從「天理」。他從事教育五十餘年，強調啟發式，吸收當時科學成果，提出了對自然界變化的某些見解，如關于陰陽二氣的宇宙演化說，如從高山上殘留的螺蚌殼論證地質變遷（原為海洋）等。他的理學在明、清兩代被提到儒學正宗的地位。他的博覽和精密分析的學風，影響于後世至深且鉅，日本在江戶時代，「朱子學」也很流行，世稱「考亭學派」。

陸九淵

適、立朱熹卻未權，倡言心學正頗偏。一從兩派鵝湖會，各領風騷八百年。

一　《論語・子罕》：「子曰：『可與共學，未可與適道；可與適道，未可與立；可與立，未可與權。』」

二　九淵是「心學」創始人。提出「心即理」說，斷言天理、人理、物理只在吾心之中，心是唯一的實在，「宇宙便是吾心，吾心即是宇宙。」認為「心」和「理」是永久不變的：「千萬世之前有聖人出焉，同此心同此理也；千萬世之後有聖人出焉，同此心同此理也；東南西北海有聖人出焉，同此心同此理也。」（《雜說》）試圖證明一切封建道德教條都是人心所固有，也是永久不變化的。治學方法是「立大」，「知本」，「發明本心」。認為只要悟得本心，不必多讀書，「學苟知本，六經皆我注　。」在「太極」、「無極」問題和治學方法上，和朱熹在鵝湖進行長期的辯論。他的學說後由明王守仁繼承發展，世稱「陸王學派」。

呂祖謙

理學菁華擷陸、朱，屢調爭執會鵝湖。筆鋒銳比并州翦，刬盡蕪詞似錦鋪。

祖謙治學兼採朱熹、陸九淵之長。曾邀集「鵝湖之會」，企圖調和朱、陸關于哲學思想的爭執。為學主張經世致用。宇宙觀偏重陸九淵心學，主張道心為一，「通天下無非己」。認識方法取朱熹以「窮理」為本的「格物致知」說。教育上提倡「講實理，育實材而求實用。」主張「明理躬行」，治經史以致用，反對空談陰陽性命之說，開浙東學派先聲。散文筆鋒犀利，《東萊左傳博議》尤膾炙人口。

張栻

東南朱、呂並三賢，茂叔三生合有緣。禮義窮源本天理，欲行聖道務知先。

張栻和朱熹、呂祖謙齊名，時稱「東南三賢」。推崇周敦頤（茂叔）《太極圖說》，以「太極」為萬物的本原。主張先知後行，認為有「知」可更好指導「行」。斷言「所謂禮者天之理」，即把封建秩序看作永恆不變的規律。為學主「明理居敬」，認為「居敬有力，則其所窮者益精；窮理浸明，則其所居者亦有地。」世稱南軒先生。

陸游

四大家中公第一，萬餘篇裏寶殊多。光爭日月《劍南集》，總爲蒼生發浩歌。

一　公與尤袤、楊萬里、范成大並稱南宋中興四大家。

二　沈德潛《說詩晬語》：「《劍南集》原本老杜，殊有獨造境地。」又曰：「放翁七言律，對仗工整，使事熨貼，當時無與比埒。然朱竹垞摘其雷同之句，多至四十餘聯。緣放翁年八十餘，『六十年間萬首詩』後，又添四千餘首，詩篇太多，不暇持擇也。初不以此輕放翁，然亦足為貪多者鏡矣。八句中上下時不承接，應是先得佳句，續成首尾，故神完氣厚之作，十不得其二三。」

范成大

詩法蘇、黃自一家，甯知將相饜騷葩。中興名並尤、楊、陸，老更沈雄筆吐花。

紀曉嵐《四庫提要》：「成大在南宋中葉，與尤袤、楊萬里、陸游齊名。其才調之健，不及萬里，而亦無萬里之粗豪；氣象之闊，不及游，而亦無游之窠臼。初年吟詠，實沿溯中唐以下，自官新安掾以後，骨力乃以漸而遒。蓋追溯蘇（軾）、黃（庭堅）遺法，而約以婉峭，自為一家，伯仲於楊、陸之間，固亦宜也。」

楊萬里

晚年自創「誠齋體」，綴句覃思重巧新。初學半山出窠臼，斐然餘事作詩人。

嚴羽《滄浪詩話》：「以人而論，則有楊誠齋體。」（原注：其初學半山、後山，最後亦學絕句於唐人。已而盡棄諸家之體而別出機杼，蓋其自序如此也。）

尤袤

纂成詩話品唐賢，一網無遺軼事全。痛快淋漓揮彩筆，迴諷不厭句新鮮。

一　紀曉嵐《四庫總目提要》：「然即今所存諸詩觀之，殘章斷簡，尚足與三家（陸游、范成大、楊萬里）抗行。」

二　方回《瀛奎律髓》：「尤遂初詩，初看似弱，久看卻自圓熟，無一斧一斤痕迹也。」

劉克莊

讀罷《明皇按樂圖》，眼中彷彿見眞儒。詩人吐屬當如此，弄雪嘲風漫與俱。

劉後村本《舊唐書》：「開元任姚崇、宋璟而治；幸林甫、國忠而亂。」評唐明皇盛衰得失，作《明皇按樂圖》，七言古風，都十二韻，借唐以諷南宋偏安政局。詩中警句如：「廣平策免曲江去，十郎（李林甫）談笑居臺司。」「輦邊貴人亦何罪？禍胎似在偃月堂。（李林甫齋名）」白居易曰：「文章合為時而著，歌詩合為事而作。」其斯之謂乎？

嚴羽

好詩庸詎腹儲書？妙悟纔能五俗除。開出清初神韻派，風騷管領不虞譽。

《滄浪詩話》曰：「學詩先除五俗：一曰俗體；二曰俗意；三曰俗句；四曰俗字；五曰俗韻。」

文天祥

國事明知不可爲，勤王集眾濟艱時。英風凜冽存天地，取義成仁作典儀。

吳文英

身懷仙骨自珊珊，俗艷凡姿洗已殫。香瓣清眞出超逸，爭禁一唱不三嘆！

一　沈義父《樂府指迷》：「夢窗深得清真之妙，但用事下語太晦處，人不易知。其實夢窗才情超逸，何嘗沈晦？夢窗長處正在超逸之中，見沈晦之意。」

二　陳廷焯《白雨齋詞話》：「夢窗精於造句，超逸處則仙骨珊珊，洗脫凡艷；幽索處則孤懷耿耿，別締古歡。」

張　炎

清虛沈鬱法堯章，音律精諳韻抑揚。曾見臨安全盛日，不勝感慨話淒涼。

一　紀曉嵐《四庫全書提要》：「炎生於淳祐戊申，當宋邦淪覆，年已三十有三，猶及見臨安全盛之日。故所作往往蒼涼激楚，即景抒情，備寫其身世盛衰之感，非徒以剪紅刻翠為工。」

二　陳廷焯《白雨齋詞話》：「兩宋詞人，玉田多所議論，其所自著，亦可收南宋之終。沈鬱微遜碧山，其高者頗有姜白石意趣，後遂鮮有知音矣。」

王沂孫

纏綿忠愛發於詞，傷世眞如子美詩。琢句於公本餘事，緬懷喬木此爲奇。

陳廷焯《白雨齋詞話》：「王碧山詞，品最高，意境最深，力量最重。感時傷世之言，而出於纏綿忠愛。詩中之曹子建、杜子美也。詞人有此，庶幾無憾。」又曰：「碧山詞，觀其全體，固自高絕。即於一字一句間求之，亦無不工雅。瓊枝寸寸玉，旃檀片片香。吾於詞見碧山矣，於詩則未有所遇也。」

元好問

金元兩代蔚文宗，銳筆覃思意萬重。胸似洪爐身橐籥，百家諸子盡銷鎔。

一《金史・文藝傳》：「其詩奇崛而絕雕劌，巧縟而謝綺麗，五言高古沈鬱，七言樂府，不用古題而特出新意。歌謠慷慨，挾幽并之氣。兵後故老皆盡，好問蔚為一代宗匠。」

二《四庫簡目・元好問詩》：「好問才雄而學贍，其詩皆興象深遠，風格遒上；古文亦繩之嚴密，根柢盤深。金元兩代談藝者，奉為大宗。」

趙孟頫

詩文清邃氣尤奇，書畫爭誇冠一時。宋裔偏邀宸寵眷，宦途顯達耀丹墀。

《元史・趙孟頫傳》：「詩文清邃奇逸，讀之，使人有飄飄出塵之想。……前史官楊載稱孟頫之才，頗為書畫所掩，知其書畫者，不知其文章；知其文章者，不知其經濟之學。人以為知言云。」

楊載

材搜漢魏韻師唐，隻眼詩文有主張。一洗前朝風靡弱，千秋留得姓名香。

《元史．儒學．楊載傳》：「其文章一以氣為主，博而敏，直而不肆，自成一家言。而於詩文尤有法，嘗語學者曰：『詩當取材於漢魏，而音節則以唐為宗。』自其詩出，一洗宋季之陋。」

郝經

拘宋悠悠十六年，朔方親友夢魂牽。詩文豐蔚饒奇崛，志節無慚典屬堅。

《元史．郝經傳》：「其文豐蔚豪宕，善議論，詩多奇崛。拘宋十六年，從者皆通於學。」

虞集

兩朝開濟播賢聲，兼擅詩文莫與京。堪笑中丞空譖愬，君臣長似水魚情。

虞集服事仁宗、文宗兩朝，身膺要職。《元史．虞集傳》：「御史中丞趙世安乘間為集請曰：『虞伯生久居京師，甚貧，又病目，幸假一外任，便醫。』帝（文宗）怒曰：『一虞伯生，汝輩不容耶？』帝方嚮用文學，以集弘才博識，無施不宜，一時大典冊咸出其手，故重聽其去。集每承詔有所述作，必以帝王之道，治忽之故，從容諷切，冀有感悟，承顧問及古今政治得失，尤委曲盡言。時世家子孫以才名進用者眾，患其知遇日隆，每思有以間之。賴天子察知有自，故不能中傷。」

陳孚

彩筆干霄出布衣，渾雄《統賦》世稱奇。菁莪化育修天爵，率直言行性不羈。

《元史．儒學．陳孚傳》：「至元中，孚以布衣上《大一統賦》，署上蔡書院山長。」又曰：「孚天才過人，性任俠不羈，其為詩文，大抵任意即成，不事雕斲。」

揭傒斯

一食千金不屑爲，視民疾苦輒低眉。詩書雙絕時無兩，雅愛逢人說項斯。

《元史・揭傒斯傳》：「平生清儉，至老不渝。立朝急於薦士，揚人之善惟恐不及。為文章，敘事嚴整，語簡而當。詩尤清婉麗密。善楷書、行、草。朝廷大典冊，必以命焉。殊方絕域，咸慕其名，得其文章，莫不以為榮云。」

劉秉忠

天文律曆盡精通，參領中書竭盡忠。位極人臣彌儉樸，齋居蔬食樂融融。

《元史・劉秉忠傳》：「秉忠於書無所不讀，尤邃於《易》。至於天文、地理、律曆，無不精通。世祖大愛之，拜光祿大夫，位太保，參領中書省事。雖位極人臣，而齋居蔬食，終日澹然，不異平昔。」

吳萊

如坐春風善論文，正奇變化若揮軍。等閒一縱生花筆，義奧詞雄出《典》《墳》。

《元史・吳萊傳》：「萊尤喜論文，嘗云：『作文如用兵，兵法有正、有奇，正是法度，要部伍分明，奇是不為法度所縛，舉眼之頃，千變萬化，坐作進退擊刺，一時俱起；及其欲止，什伍各還其隊，元不曾亂。』聞者服之。」

關漢卿

著作殊多二酉存，感人最是《竇娥冤》。古今戲曲從頭數，質量咸推獨占元。

漢卿共作雜劇六十四本，在元人為最多，佔元劇總數十分之一。今存者十四本，其中《感天動地竇娥冤》最膾炙人口。王國維謂：「關漢卿一空倚傍，自鑄偉詞，而其言曲盡人情，字字本色，故當為元人第一。」

王實甫

生平傑作是《西廂》，北曲誰堪共頡頏？閱盡興亡多少事，寫來情節不尋常。

實甫生於金末元初，閱盡興亡，詞采清警，沁人心脾。作有雜劇十四種，中以《崔鶯鶯待月西廂記》（簡稱《西廂記》）最為傑作。王世貞《曲藻》謂：「北曲故當以《西廂》壓卷。」金人瑞推為第六才子書。

白樸

艷情旖旎《流紅葉》，豪氣盤騰《斬白蛇》。才似東坡、劉夢得，怎禁彩筆不生花？

白樸著作除詩詞外，別有雜劇十六種。中以《唐明皇秋夜梧桐雨》、《韓翠蘋御水流紅葉》、《漢高祖斬白蛇》等最負盛譽。其所作以清麗見長，與王實甫同以文采煥發著名。《太和正音譜》云：「白仁甫之詞，如大鵬之起北溟，奮翼凌乎九霄，有一舉萬里之志，宜冠於首。」盧前《白仁甫雜劇跋》云：「《梧桐雨》俊語如珠，是元劇中所罕觀者，王國維謂：『樸似詩中劉夢得，詞中蘇東坡，婉約豪放，兩美蓋兼有之矣。』」

馬致遠

成名盡在《漢宮秋》，元劇公推第一流。歲遞譽蜚英與日，生前困學志終酬。

馬東籬作有雜劇十四種，中以《破幽夢孤雁漢宮秋》（簡稱《漢宮秋》）最有名，評論家推為元劇冠軍。英國戴維斯（D.E.Daves）曾譯為英文；日本吉川幸次郎博士等有詳註本（昭和二十六年京都大學刊）。

讀紀君祥《趙氏孤兒》

程嬰、杵臼並豪雄，青史旌揚志士風。趙氏孤兒仇遂報，爲家爲國立奇功。

《趙氏孤兒》正名為《趙氏孤兒大報仇》。劇情採《左傳．成公八年》，春秋晉景公三年時，權臣趙盾已卒，武將屠岸賈，因昔與趙盾不和，千方百計，要謀害趙盾後裔，終於景公前進讒，殺害盾子趙朔、趙同、趙括、趙嬰齊而滅其族。幸朔之妻為靈公公主，岸賈不敢擅殺，囚於府中。朔妻產一遺腹子，即趙氏孤兒。趙朔之友程嬰藏之藥囊中救出。岸賈得知，下令欲將國內初生嬰孩全部搜殺。嬰帶孤兒奔趙盾舊僚公孫杵臼大夫處，商救孤辦法。時嬰妻亦產一男，遂將孤兒撫作己子，將親子冒充孤兒藏杵臼處，然後出首。岸賈搜杵臼家，終獲假孤兒殺之，杵臼撞階死。岸賈為酬程嬰功，使嬰為其門客，並收嬰假子（趙氏孤兒）為義子。二十年後，孤兒長大，嬰將趙盾一家被害經過告知孤兒。孤兒入宮奏明晉君，終獲報仇。

讀高明《琵琶記傳奇》

琵琶彈唱走天涯，糠粃充飢覓伯喈。點鐵成金揮妙手，常言俚語盡殊佳。

高則誠《琵琶記》，演趙五娘尋夫（蔡邕）故事。王世貞評謂：「則誠所以冠絕諸劇者，不惟琢句之工，使事之美而已，其體貼入微，委曲必盡，描寫物態，彷彿如生。問答之際，了無揑造，所入佳耳。」徐渭《南詞敘錄》云：「食糠、嘗藥、築墳、寫真諸作，從人心流出，如嚴滄浪言，水中月，空中影，最不可到。如十八答句句是扭常言俗語而作曲子，點鐵成金，信是妙手。」

讀羅貫中《三國演義》

天下三分話始終，居然銷路最亨通。文壇濟濟出書者，合向先生拜下風。

三國演義是我國最流行的一部通俗歷史小說。敘述起自漢靈帝中平元年，終於晉武帝太康元年。書中歷史觀、社會觀、倫理觀無不深入人心。甚至士大夫奉為說話範本，軍人看作兵書，譯成滿蒙文、日本文，影響之大，超過四書五經及一切正統文學。

讀施耐庵《水滸傳》

揭竿抗暴反貪污，肝腦無辭地面塗。四大奇書才子筆，英雄百八出萑苻。

清人金聖歎把水滸傳與莊子、離騷、史記、杜詩並提，稱為天下第五才子書；後世也有拿來和三國演義、西遊記、金瓶梅合稱小說界的四大奇書。

宋濂

明代作家居第一，劉基斂衽服其膺。盪胸展誦《馬生序》，苦志勞筋見未曾。

一　王世貞《藝苑卮言》：「高帝嘗謂宋濂：『浙東人才，惟卿與王禕耳。才思之雄，卿不如禕；學問之博，禕不如卿。』又嘗與劉誠意論文，誠意謂：『宋濂第一，其次臣不敢多讓。』」

二　宋濂《送東陽馬生序》自述其困學過程云：「當余之從師也，負笈、曳屣，行深山巨谷中，窮寒烈風，大雪深數尺，足膚皸裂而不知；至舍，四肢僵勁不能動，媵人持湯沃灌，以衾擁覆，久而乃和。寓逆旅主人，日再食，無鮮肥滋味之享。同舍生皆被綺繡，戴珠纓寶飾之帽，腰白玉之環，左佩刀，右備容臭，燁然若神人；余則緼袍敝衣處其間，略無慕艷意。以中有足樂者，不知口體之奉不若人也。蓋余之勤且堅若此。」

劉基

精諳象緯武侯儔，佐帝功成弁組投。韜迹深山恬自足，青田邑令漫干求。

一　王世貞《藝苑卮言》：「劉誠意伯溫與夏煜、孫炎輩，皆以豪詩酒得名。一日遊西湖，望建業五色雲起，諸君謂為慶雲，擬賦詩；劉獨引大白慷慨曰：『此王氣也，後十年有英主出，吾當輔之。』眾皆掩耳。尋高皇帝下金陵，劉建帷幄之勳，為上佐，開茅土，其言若契。」

二　《明史．劉基傳》：「基博通經史，於書無不窺，尤精象緯之學。西蜀趙天澤論江左人物，首稱基，以為諸葛孔明儔也。」又曰：「基佐定天下，料事如神。性剛嫉惡，與物多忤。至是還隱山中，惟飲酒弈棋，口不言功。邑令求見不得，微服為野人謁基。基方濯足，令從子引入茆舍，炊黍飯。令告曰：『某青田知縣也。』基驚起稱民，謝去，終不復見。其韜迹如此。」

高　啓

學富家藏書五車，詩文奇偉世咨嗟。振元纖縟返於古，不忝明初一大家。

一　王褘《缶鳴集序》：「季迪之作，雋逸而清麗，如空中飛隼盤旋百折，招之不肯下。又如碧水芙蕖，不假雕飾，翛然塵外，有君子之風焉。」

二　紀曉嵐《四庫提要．高啟詩》：「其於詩擬漢魏似漢魏，擬六朝似六朝，擬唐似唐，擬宋似宋；凡古人之所長，無不兼之。振元末纖穠縟麗之習，而返之於古。」

袁　凱

《白燕》揚名願不違，生平禍福最知幾。洞明咫尺天威在，恐觸龍鱗告老歸。

《明史．文苑．袁凱傳》：「帝（明太祖）問：『朕與太子孰是？』凱頓首曰：『陛下法之正，東宮心之慈。』帝以凱老猾持兩端，惡之。凱懼，佯狂免，告歸。初，在楊維楨座，客出所賦《白燕詩》，凱微笑，別作一篇以獻。維楨大驚賞，徧示座客，人遂呼『袁白燕』云。」

高　棅

纂成《品彙》表唐詩，丕振元音道濟時。崇仰後先諸七子，相攜躡足競追隨。

《四庫總目提要》：「其後李夢陽、何景明，摹擬盛唐，其胚胎實兆於此。」又曰：「唐音之流為膚廓者，此書實啟其弊；唐音之不絕於後世者，亦此書實衍其傳。」（按：高棅編成《唐詩品彙》九十卷，後又增補十卷，足為百卷。蒐羅賅博，兼備眾體，為研究唐詩者所宗。其論曰：「初唐聲律未純，晚唐氣習卑下，卓卓乎其可尚者惟盛唐為然。此集倡導盛唐，以救元末詩風纖仄之弊，影響明詩甚巨。」）

李東陽

爲相廉能國緝熙，抗衡劉瑾濟艱時。頹波力矯風歸正，一代文宗道起衰。

一　《明史・李東陽傳》：「瑾兇暴日甚，無所不詘侮，於東陽猶陽禮敬。凡瑾所為亂政，東陽彌縫其間，亦多所補救。」「劉健、謝遷、劉大夏、楊一清及平江伯陳熊輩，幾得危禍，皆賴東陽而解。」又「自明興以來，宰臣以文章領袖縉紳者，楊士奇後，東陽而已。」

二　沈德潛《說詩晬語》：「永樂以還，崇『臺閣體』，諸大老倡之，眾人應之，相習成風，靡然不覺。李賓之（東陽）力挽頹瀾，李（夢陽）、何繼之，詩道復歸於正。」

李夢陽

詩必稱唐文漢秦，領銜七子更無倫。僉言七律臻纖細，老杜而還公一人。

《明史・文苑・李夢陽傳》：「夢陽與何景明、徐禎卿、邊貢、康海、王九思、王廷相號前七才子。華州王維楨以為七言律自杜甫以後，善用頓挫倒插之法，惟夢陽一人。」

李攀龍

文尚西京詩盛唐，主盟壇坫姓名揚。才高舉目無餘子，近世推崇只夢陽。

李攀龍與王世貞、吳國綸、徐中行、宗臣、謝榛及梁有譽輩倡詩社，而攀龍為之魁，名播天下，世稱後七子。《明史・文苑・李攀龍傳》：「其持論謂文自西京，詩自天寶而下，俱無足觀，於本朝獨推李夢陽。諸子翕然和之，非是，則詆為宋學。攀龍才思勁鷙，名最高，獨心重世貞，天下亦並稱王、李。」

王世貞

管領風騷二十年，詩文清俊冠時賢。氣吞雙陸化三謝，辟易無人與比肩。

一 《明史．文苑．王世貞傳》：「世貞始與李攀龍狎主文盟，攀龍歿，獨操柄二十年。才最高，地望最顯，聲華意氣籠蓋海內。一時士大夫及山人、詞客、衲子、羽流，莫不奔走門下。片言褒賞，聲價驟起。其持論，文必西漢，詩必盛唐，大曆以後書勿讀。」

二 沈德潛《說詩晬語》：「王元美天分既高，學殖亦富，自珊瑚木難及牛溲馬勃，無所不有。樂府古體，卓爾成家。七言近體，亦規大方。而鍛鍊未純，且多酬應牽率之態。」

謝榛

眇目論詩妙入微，看來禍福亦相依。甯知唱徹《陽春》後，抱得佳人莞爾歸。

袁枚《隨園詩話》：「古詩人遭際有幸與不幸焉。……明謝榛眇一目，貌不揚，而趙穆王愛其詩，酒闌樂作，出所愛賈姬，光華奪目，奏琵琶歌謝所作竹枝詞，即以贈之。」（按此事亦見《明史・文苑・謝榛傳》）。

郭登

雪恥無功遁也先，英宗復辟戍陲邊。求全往往翻成毀，事不由人命在天。

《明史・郭登傳》：明正統間，韃靼酋長也先入寇，英宗親征，師至土木堡（在今察哈爾省懷來縣西），中伏被擄。翌年六月，「也先奉上皇至城外，聲言送駕還。登與同守者設計，具朝服候駕月城內，伏兵城上，俟上皇入，即下月城閘。也先及門而覺，遂擁上皇去。……上皇既還，登以老疾乞休。初，英宗過大同，遣人謂登曰：『朕與登有姻，何拒朕若是？』登奏曰：『臣奉命守城，不知其他。』英宗銜之。及復辟，言官劾登結陳汝言獲召，鞫實論斬，宥死，降都督僉事，立功甘肅。」

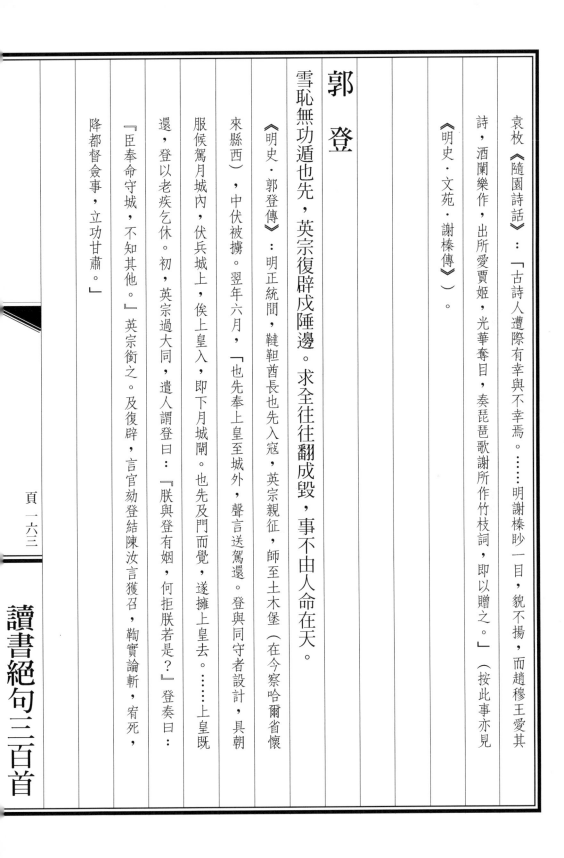

于謙

耿耿孤忠性本堅，英宗、景帝賴扶顛。功侔武穆銜冤死，讀史令人欲問天。

一　《明史・于謙傳》：「生七日，有僧奇之曰：『他日救時宰相也。』……也先大入寇，王振挾帝親征，駕陷土木，京師大震。太子方幼，寇且至，請皇太后立郕王（即景帝）。……卒奉上皇以歸，謙力也。謙性故剛，憤者益眾，又始終不主和議，雖上皇實以是得還，不快也。……石亨等誣以謀逆，處極刑。丁亥棄市。死之日，陰霾四合，天下冤之。」

二　于謙幼年詠《石灰吟》云：「千錘萬擊出深山，烈火焚燒若等閒。粉骨碎身渾不怕，要留清白在人間。」冥冥中，莫非詩讖歟？

楊繼盛

一封朝奏劾嚴嵩，夕即鋃鐺繫獄中。縱使當時廷折檻，主昏命漫與雲朱雲同。

《明史・楊繼盛傳》：「嚴嵩用事，心善繼盛，而繼盛惡嵩甚於鸞（仇鸞），草奏劾嵩曰：

『自嵩用事，風俗大變，賄賂者薦及盜跖，疏拙者黜逮夷、齊。守法者為迂疎，巧彌縫者為才能。勵節介者為矯激，善奔走者為練事。自古風俗之壞，未有甚於今日者。蓋嵩好利，天下皆尚貪。嵩好諛，天下皆尚諂。源之弗潔，流何以澄。是敝天下之風俗，大罪十也。嵩有是十罪，而又濟之以五奸。……陛下奈何愛一賊臣，而忍百萬蒼生陷於塗炭哉！』疏入，帝怒嵩喜，密構於帝，繫獄棄市。」

王守仁

明儒學案創「姚江」，影響深遙及日邦。心似象山言合一，理殊程顥派成雙。

守仁初習程朱理學與佛學，後轉陸九淵心學，並發展了陸九淵的學說，用以對抗程朱學派。斷言「夫萬事萬物之理不外於吾心」，「心明便是天理」，否認心外有理、有事、有物。提出「致良知」的學說，認為封建倫理道德是人生而具有的「良知」。主張為學「惟求得其心」，「譬之植焉，心其根也。學也者，其培壅之者也，灌溉之者也，扶植而刪鋤之者也，無非有事于根焉而已。」（《王文成公全書》卷七《紫陽書院集序》）。要求用這種反求內心的修養方法，以達到「萬物一體」的境界。他的「知行合一」和「知行並進」說，旨在反對宋儒如程顥等「知先行後」以及各種割裂知行關係的說法。他的學說以「反傳統」的姿態出現，在明代中期以後，陽明學派影響很大，還流行到日本。

楊慎

忠諫流滇忤世宗，及還巴蜀已龍鍾。明儒著作公無匹，萬卷詩書盡筍胸。

《明史·楊慎傳》：「慎，好學窮理，明世記誦之博，著作之富，推慎為第一。」

唐寅

鄉試升鼇獨占頭，宸濠異志恥籌謀。佯狂使酒桃花塢，詩畫流傳百代悠。

《明史·文苑·唐寅傳》：「舉弘治十一年鄉試第一，寧王宸濠厚幣聘之，寅察其有異志，佯狂使酒，露其醜穢。宸濠不能堪，放還。築室桃花塢，與客日般飲其中。」又曰：「吳中自枝山輩以放誕不羈，為世所指目，而文才輕艷，傾動流輩，傳說者增益而附麗之，往往出名教外。」

歸有光

明季無雙八股文，鳳洲並世竟猶薰。天私畀予生花筆，怪底方、姚佩十分。

一　《明史．文苑．歸有光傳》：「有光為古文，原本經術，好太史公書，得其神理。時王世貞主盟文壇，有光力相觝排，目為妄庸巨子。世貞大憾，其後亦心折有光。」

二　有光為明代八股文大家，清桐城派作者方苞、姚鼐及曾國藩等都很推重他。其文清淡自然，能用簡約平凡的字句，表現真摯的感情。寫家庭骨肉瑣事，委婉傳神，情韻洋溢。

唐順之

胸貯兵韜力抗倭，勳留青史積功多。群書博洽窮源委，創作從無落臼窠。

《明史・唐順之傳》：「順之於學無所不窺，自天文、樂律、地理、兵法、弧矢、勾股、壬奇、禽乙，莫不究極原委，盡取古今載籍，剖裂補綴，區分部居，為左、右、文、武、儒、稗六編傳於世，學者不能測其奥也。為古文，洸洋紆折有大家風。」

宗臣

讀書築室百花洲，倭寇憑陵敵愾仇。而立即爲明七子，底因齎志赤松遊？

《明史・文苑・宗臣傳》：「築室百花洲，讀書其中。起故官，進稽勳員外郎，（以賻贈楊繼盛喪）嚴嵩惡之，出為福建參議。倭薄城，臣守西門，納鄉人避難者萬人。或言賊且迫，曰：『我在，不憂賊也。』與主者共擊退之。尋遷提學副使，卒官。（年三十六）」

徐渭

文韜武略盡兼諳，輔佐胡公策獻三。身後知音有宏道，梓成其集顯奇男。

《明史．文苑．徐渭傳》：「渭知兵，好奇計，宗憲擒徐海，誘王直，皆預其謀。……渭天才超軼，詩文絕出倫輩。善草書，工寫花草竹石。嘗自言：『吾書第一，詩次之，文次之，畫又次之。』後二十年，公安袁宏道游越中，得渭殘帙，刻其集行世。」

湯顯祖

身外浮生亦何有？臨川四記說從頭。了知富貴水中月，底事營營逐不休？

《還魂記》、《紫釵記》、《邯鄲記》及《南柯記》合稱臨川四記，都是湯顯祖傑作。誠如其《南柯記自序》云：「世人妄以眷屬富貴影象，執為我想。不知虛空中一大穴也。倏來而去，有何家之可到哉？」《南柯記》結尾又云：「人間君臣眷屬，螻蟻何殊？一切苦樂興衰，南柯無二。」《邯鄲》、《南柯》二記，俱「以生為夢，以死為醒。」布局新穎，遣辭俊潔，為晚年成熟之作。

徐宏祖

性癖餐霞涉遠陬，雲巖霧窟盡尋搜。最憐手握如椽筆，寫出雄奇萬里遊。

徐宏祖即徐霞客，家富有，少負奇氣，喜博覽史籍及輿地志。性嗜遊，足迹遊遍及燕、豫、秦、楚、江、浙、閩、粵、滇、貴等地，歷萬餘里，先後垂三十餘年。清潘耒稱其人：「不避風雨，不憚虎狼，不計程期，不求伴侶，以性靈遊，以軀命遊，亘古以來，一人而已。」著有《徐霞客遊記》，今存三十餘篇。《四庫提要》稱其：「耽奇嗜僻，既銳於搜尋，尤工於描寫。遊記之夥，莫過斯編。」

袁宏道

輕俊清新善屬文，罵翻復古獨推君。與兄弟創「公安體」，藝苑千秋樹一軍。

《明史・文苑・袁宏道傳》：「先是，王（王世貞）、李（李攀龍）之學盛行，至宏道，益矯以清新輕俊，學者多捨王、李而從之，目為『公安體』」。

史可法

肝膽悚瞻多爾袞，胸懷驚見左忠公。劇憐蟬蛻梅花嶺，無奈朱明祚已終。

讀吳承恩《西遊記》

《西遊記》述感人深，百怪千魔晝夜侵。初學奇章與柯吉，後來居上見雄心。

承恩自述其撰寫《西遊記》動機與經過云：「幼年即好奇聞，每偷市中野言稗史，懼為父師訶奪，私求隱處讀之。比長，好益甚，聞益奇；迨於既壯，旁求曲致，幾貯滿胸中矣。嘗愛唐人如牛奇章、段柯吉所著傳記，莫不模寫物情，每欲作一書對之，懶未暇也。轉懶轉忘，胸中之貯者消盡，獨此千數事磊塊尚存，日與懶戰，幸而勝焉。於是吾書始成，因竊自笑，斯蓋『怪』求余，非余求『怪』也。」按奇章就是牛僧孺，著有《玄怪錄》；柯吉就是段成式，著有《酉陽雜俎》。

高攀龍

講學東林聖道扛，蜚聲海內勢方厖。漫勞魏黨揮緹騎，甯伴三閭浸大江。

《明史・高攀龍傳》：「攀龍與顧憲成同講學東林書院，為一時儒者之宗。海內士大夫，識與不識，稱高、顧無異詞。」又曰：「南京御史游鳳翔，訐攀龍挾私排擠。削攀龍籍，遣緹騎往逮，笑曰：『吾視死如歸，今果然矣。』入與夫人語，如平時。……移時則已衣冠自沉於池矣。」

陳子龍

明末艱辛事魯王，臨危不屈義沈湘。詩文規魏推精妙，百世長爭日月光。

《明史・陳子龍傳》：「生有異才，工舉子業，兼治詩賦古文，取法魏、晉，駢體尤精妙。崇禎十年進士，選紹興推官。……尋以受魯王部院職銜，結太湖兵，欲舉事。事露被獲，乘間投水死。」

張煌言

扶明獨木歎難支，擬向棲霞借一枝。死即是生生即死，臨刑慷慨賦歸辭。

明亡後，煌言於浙東一帶起義抗清，曾與鄭成功包圍南京。後因成功兵敗於鎮江，孤軍難進，退至浙東沿海島嶼，為清兵所俘。傳車過杭州，賦（《八月辭故里》）詩云：「國亡家破欲何之，西子湖頭有我師。日月雙懸于氏墓，乾坤半壁岳家祠。慚將素手分三席，擬為丹心借一枝。他日素車東浙路，怒濤豈必屬鴟夷。」讀後令人鼻酸。

沈光文

閩關輾轉到臺灣，卅載淹留歷苦艱。社結「東吟」開教化，精神長護漢河山。

沈光文（一六一二—一六八八），字文開，號斯庵，浙江鄞縣人，少以明經貢太學，福王弘光元年，授太常博士。隆武二年，閩師潰，扈從不及。聞桂王立粵中，乃走肇慶。後粵事不可支，遂留閩。永曆六年，浮家泛宅，忽遭颶風飄至臺灣，遂與中土音耗絕。十五年，延平郡王克臺灣，以客禮見；遺老亦多入臺，各得相見為幸。鄭經嗣，頗改父之臣與政。光文作賦有所諷，或譏之，幾至不測。乃變服為僧，逃入北鄙，結茅羅漢門山中。山外有目加溜灣者，番社也。光文於其間教授生徒，不足，則濟以醫。三十七年清人得臺灣，閩督姚啟聖招之，辭。又貽書問訊曰：「管寧無恙？」欲遣人送歸鄞。會啟聖卒，不果。時寓公漸集，乃與宛陵韓又琦、關中趙行可、無錫華衮、鄭廷桂、榕城林奕、丹霞吳蕖、輪山楊宗城、螺陽王際慧等結「東吟詩社」，所稱「福臺新詠」者也。尋卒於諸羅，其墓在今善化火車站附近。光文居臺三十年，自荷蘭以至鄭氏盛衰皆目擊其事。著有《臺灣輿圖考》、《草木雜記》、《流寓考》、《臺灣賦》、《文開詩文集》。海東文獻，推為初祖。

鄭成功

覆滿威宣國姓爺，荷軍膽破熱蘭遮。運移明祚終難復，長使英雄感恨賒！

鄭成功（一六二四—一六六二）初名福松，又名森。年十五，補弟子員。年二十一，入太學，師事徐孚遠與錢謙益，謙益偉其器識，字之曰「大木」。南都亡，芝龍等擁立唐王於閩，是為隆武帝。帝見鄭森少年英俊，賜姓朱，改名成功。典禁軍，以駙馬都尉行事。隆武二年，清兵入閩，芝龍降，成功苦諫不聽。旋帝后及母氏罹難，大憤，乃辭文廟，焚儒服，起兵抗清，文移稱「大明忠孝伯招討大將軍罪臣國姓朱成功」，中外咸稱「國姓爺」。翌年，永明王即位於肇慶，改元永曆。乃遙奉正朔，收金、廈、海澄為基地，明遺臣及芝龍舊部多歸之。轉戰浙閩粵沿海，數敗清兵，軍聲頗振。永曆八年，封為延平王。十三年，率大軍攻至南京城下，因輕敵敗績，退返金廈。慮孤島難支，適何斌來獻圖，乃決定東征臺灣。永曆十五年四月一日，率二萬五千人登陸鹿耳門，圍熱蘭遮城凡八閱月，至十二月十三日（一六六二・二・一），荷蘭長官揆一出降。定降約十八條，結束荷蘭對臺三十八年之殖民統治。遂以赤嵌為安平鎮，總號臺地曰「東都」，並行中國郡縣制。設一府曰「承天」，分南北為萬年、天興二縣。正圖生聚教訓，再行大舉，永曆十六年五月八日（一六六二・六・二三）因熱病去世，年僅三十九。

朱術桂

慷慨吟成《絕命詞》，從容全節仰威儀。九原歸去謁高帝，肯受旗人折箠笞？

字天球，別號一元子。明太祖九世孫長陽王次支也。始受鎮國將軍，隆武改封為寧靖王。初棲金門，永曆十七年（一六六三）挈眷來臺，築宮西定坊，供歲祿。王貌魁偉，美鬚弘聲。善文學，書尤瘦勁，承天廟宇，多所題額，故邸即今臺南市大天后宮。三十七年六月，清水師提督施琅克澎湖，中提督劉國軒戰敗還東寧，鄭克塽降清，王以明宗室義不可辱，於閏六月廿七日，告其妾王氏、袁氏、荷姐、梅姐、秀姑曰：「我死期已至，汝輩可自便。」僉對曰：「王能全節，妾不失身；願乞尺帛，追隨左右。」遂同自縊。王大書《絕命詞》曰：「艱辛避海外，總為數莖髮。於今事畢矣，不復采薇蕨。」亦從容殉國。越十日葬竹滬，妾五人別葬。清代臺南舉人陳輝有詩弔曰：「間關投絕域，遺廟海之濱。古殿山雲暮，空階野草春。鴟鴞啼向客，杜宇咽迎人。自立千秋節，英風起白蘋。」

王夫之

學紹橫渠術本儒，中心思想陸、王殊。博聞強志焉如此，點檢還應謝竄逋。

王夫之於明亡後，在衡山舉兵起義，阻擊清軍南下，戰敗退肇慶，任南明桂王政府行人。後隱伏深山，刻苦研究，勤懇著述者垂四十年。學術成就很大，對天文、曆法、數學、地理學都有所研究，尤精於經學、史學、文學。其學說與宋代張載（橫渠）為近。主要貢獻是在哲學上總結和發展了中國傳統的唯物論和辯證法。認為「盡天地之間，無不是氣，即無不是理也。」（《讀四書大全說》卷十）；「氣」是物質實體，而「理」則是客觀規律。對程朱「理氣」的觀念多所駁斥。強調「天下惟器而已矣」，「無其器則無其道」（《周易外傳》卷五）。從「道器」關係建立了他的歷史進化論，反對保守退化思想。認為「習成而性與成」，人性是隨着環境習俗的變化而變化的，否定了「人性不變」的說法。在知行關係上，反對陸、王「以知為行」和禪學家「知有是事便休」的論點，強調行是知的基礎，「行可兼知，而知不可兼行」。政治上反對豪強大地主，維護封建中央集權，但又主張限制君權。善詩文，也工詞曲。因晚年居衡陽之石船山，學者稱船山先生。

黃宗羲

細推治亂與興亡，天子孤行纇繫長。讀罷《明夷待訪錄》，開明思想恆流芳。

宗羲於明亡後隱居著述，屢拒清廷徵召。學問極博，對天文、算術、樂律、經史百家以及釋、道之書，無不研究。史學上成就尤大，所著《明儒學案》，開浙東史學研究風氣。在哲學上，反對宋儒「理在氣先」之說，認為「理」不是實體，只是「氣」中的條理和秩序。但認為「氣質人心是渾然流行之體，公共之物也」；又說「盈天地皆心也」，具有泛神論傾向。揭露了君主一人私有天下產業的罪狀，作出「為天下之大害者，君而已矣」的大膽結論。認為「天子之所是未必是，天子之所非未必非。」肯定「天下之治亂不在一姓之興亡，而在萬民之憂樂。」（《明夷待訪錄．原臣》）主張改革土地、賦稅制度。反對傳統的農本工商末的觀點，強調工商皆本。文學方面，強調詩文必須反映現實，表達真情；不滿明七子摹擬剽竊之風。

顧炎武

反清早忘喪其元，誓結英豪韃虜翻。天下群書無不讀，千秋樹立一家言。

亭林少年遭遇亂離，奔走於反清光復運動，可是不曾一日不讀書。旅行的時候還用騾馬馱着幾箱子書，到旅店誦讀。潘耒讚美他說：「有一疑義，反復參考，必歸於至當。有一獨見，援古證今，必暢其說而後止。當代文人才士甚多，然語學問，必斂衽推顧先生；凡制度典禮有不能明者，必質諸先生；墜文軼事有不知者，必徵諸先生；先生手畫口誦，探源竟委，人人各得其意而去。」他研究的範圍，極為廣博，經義、史學、官方、吏治、財賦、軍事、地理、水利、金石、文字、音韻等無所不包。在哲學上，贊成張載關於「太虛」、「氣」、「萬物」三者統一的學說，承認「氣」是宇宙的實體；「盈天下之間者氣也」。反對空談「心、理、性、命」，提倡「經世致用」的實際學問。認為「六經之旨與當世之務」應該結合；並提出「博學于文」、「行己有恥」兩句古訓。政治上提出「以天下之權，寄天下之人」思想，要求君主分權而治。在文學上，要求作品為「經術政理」服務。

錢謙益

麈拜承歡馬士英，祚移率爾便降清。詩文自是稱無兩，處世爲人費騭評。

吳偉業

一生得意《圓圓曲》，五十回思卌九非。身歷興亡多少恨，志昭阡表願無違。

偉業於崇禎四年舉進士，初任翰林院編修，後遷南京國子監司業。流賊陷京，福王南立，召為少詹事。因與馬士英、阮大鋮不合，遂拂衣歸里，杜門謝客，頗有全節之意。清室以其品學兼優，迫為秘書侍講，遷國子監祭酒。後以母死丁憂不復出仕，家居凡十餘年卒。所作詩文，時露降志辱身，屈節事清之恨。如《自嘆》：「誤盡平生是一官，棄家容易變名難。松筠敢壓風霜苦，魚鳥猶思天地寬。鼓枻有心逃甫里，推車何事出長干？旁人休笑陶宏景，神武當年早挂冠。」又如《過淮陰有感》轉結云：「浮生所欠只一死，塵世無繇識九還。我本淮王舊雞犬，不隨仙去落人間。」聞其彌留之際，囑其家人署其墓曰：「『詩人吳梅村之墓』即可。」其沈痛可知。

王士禎

祭酒騷壇五十年，集中神韻獨悠然。詩詞豈是無情物，倚重修辭未必全。

一　施閏章評曰：「神韻之說，足矯明代模擬之風，而其敝也，餒莽蒼之氣，縛遒折之力，偏於修辭，有類獺祭，未免近於空廓。」

二　袁枚評曰：「阮亭主修飾而略性情，觀其到一處必有詩，詩中必有典，此可想見其喜怒哀樂之不真。」

三　趙翼評曰：「專以神韻勝，但可作絕句。元微之所謂鋪陳終始，排比聲韻，豪邁律切者，往往見絀。」

袁枚

揮麈論詩尚性靈，情含韻律句娉婷。漫談格調無風趣，視彼歸愚若渭涇。

袁子才詩尚性靈，其論說為：

一　楊誠齋曰：「從來天分低拙之人，好談格調而不解風趣，何也？格調是空架子，有腔口易描，風趣專寫性靈，非天才不辦。」余深愛其言，須知有性情便有格律，格律不在性情外。三百篇半是勞人思婦，率意言情之事，誰為之格？誰為之律？而今之談格調者，能出其範圍否？況皋、禹之歌，不同乎三百篇，《國風》之格，不同乎《雅》、《頌》，格豈有一定哉？許渾云：「吟詩好似成仙骨，骨裏無詩莫浪吟。」詩在骨不在格也。

二　本朝王次回《疑雨集》，香奩絕調，惜其只成此一家數耳。沈歸愚尚書選國朝詩，擯而不錄，何所見之狹也！嘗作書難之云：「關雎為國風之首，即言男女之情；孔子刪詩亦存鄭、衛，公何獨不選次回詩？至於盧仝、李賀險怪一流，似亦不必擯斥。兩家所祖，從《大招》、《天問》來，與《易》之龍戰，《詩》之天妹，同波異瀾，非臆撰也。一集中不特豔體宜收，即險體亦宜收，然後詩之體備，而選之道全。」沈亦無以答也。

三　自三百篇至今日，凡詩之傳者，都是性靈，不關堆垛。

沈德潛

溫柔敦厚昌詩教，群怨興觀正世風。不解子才長齟齬，底將格調說成空？

沈歸愚詩主格調，其論說為：

一　詩之為道，善倫物，感鬼神，設教邦國，應對諸侯，用如此其重也。秦、漢以來，樂府代興，流衍靡曼。至有唐而聲律日工，託興漸失，徒視為嘲風雪，弄花草，遊歷燕衎之具，而詩教遠矣。學者但知尊唐而不上窮其源，猶望海者指魚背為海岸，而不自悟其見之小也。今雖不能竟越三唐之格，然必優柔漸漬，仰溯風騷，詩道始尊。

二　事難顯陳，理難言罄，每託物連類以形之；鬱情欲舒，天機隨觸，每借物引懷以抒之；比興互陳，反覆唱歎，而中藏之懽愉慘戚，隱躍欲傳。其言淺，其情深也。倘質直敷陳，絕無蘊蓄，以無情之語，而欲動人之情，難矣。王子擊好《晨風》而慈父感悟；裴安祖講《鹿鳴》而兄弟同食；周盤誦《汝墳》而為親從征。此三詩別有旨也，而觸發乃在君臣、父子、兄弟，唯其可以興也。讀前人詩，而但求訓詁，獵得詞章記問之富而已，雖多奚為？

三　詩貴性情，亦須論法。雜亂而無章，非詩也。然所謂法者，行所不得不行，止所不得不止，而起伏照應，承接轉換，自神明變化於其中；若泥定此處應如何，彼處應如何，不以意運法，轉以意從法，則死法矣。試看天地間水流雲在，月到風來，何處著得死法？

四　詩不學古，謂之野體。然泥古而不能通變，猶學書者，但講臨摹，分寸不失，而己之神理不存也。作者積久用力，不求助長，充養既久，變化自生，可以換卻凡骨矣。

五　《詩》本六籍之一，王者以之觀民風、考得失，非為豔情發也。雖四始以後，《離騷》與美人之思，平子有定情之詠，然詞則託之男女，義實關乎君父友朋。自梁、陳篇什，半屬豔情，而唐末香奩，益近褻嫚，失好色不淫之旨矣。此旨一差，日遠名教。

趙　翼

曾將吟旆卓臺灣，弭亂功成衣錦還。自是生來憑隻眼，怪他筆落動江關。

清乾隆五十一年（一七八六）十一月，臺灣爆發林爽文之亂。趙翼佐閩浙總督李侍堯幕，三年亂平，因功累遷貴西兵備道。其《論詩》云：「隻眼須憑自主張，紛紛藝苑說雌黃。矮人看戲何曾見，都是隨人說短長。」

蔣士銓

名齊袁、趙並三家，雜劇傳奇譽更嘉。《夜課》《遠遊》迴讀後，凝神不覺筆生花。

他是詩人、古文家、作曲家。其詩與袁枚、趙翼並稱「江右三大家」。《遠遊》五古二首，王文濡評謂：「迴環反覆，字字從至性至情中流出，遊子見之，那得不涔涔淚下。」其所作《鳴機夜課圖記》，闡揚母德母行，瑣瑣家事，一經點綴，委婉傳神。作有雜劇、傳奇十六種，其中《臨川夢》等九種合集，稱《藏園九種曲》。其詩、文、曲均收入《忠雅堂全集》。

讀曹霑《紅樓夢》

家道興衰盡歷經，人情冷暖淚流零。紅樓繾綣空餘恨，蝶夢蘧蘧醉後醒。

讀蒲松齡《聊齋誌異》

鬼神妖怪賦流形，報應昭彰信有靈。力挽頹風於既墜，苦心撰就姓名馨。

讀吳敬梓《儒林外史》

棄義捐廉刻畫深，爭名逐利說儒林。嶔崎磊落惟王冕，始信無淵陸亦沈！

國家圖書館出版品預行編目(CIP)資料

讀書絕句三百首 / 楊君潛著. -- 初版. -- 臺北市 : 萬卷樓, 2014.01
面 ; 公分. --（文化生活叢書. 詩文叢集）
ISBN 978-957-739-848-2（平裝）

831 103000680

讀書絕句三百首

2014 年 1 月 初版 平裝

ISBN 978-957-739-848-2

定價：新台幣 **280** 元

作　　者	楊君潛	出 版 者	萬卷樓圖書股份有限公司
發 行 人	陳滿銘	編輯部地址	106 臺北市羅斯福路二段 41 號 9 樓之 4
總 編 輯	陳滿銘	電話	02-23216565
副總編輯	張晏瑞	傳真	02-23218698
編　　輯	吳家嘉	電郵	editor@wanjuan.com.tw
編　　輯	游依玲	發行所地址	106 臺北市羅斯福路二段 41 號 6 樓之 3
責任編輯	楊子葳	電話	02-23216565
封面設計	百通科技股份有限公司	傳真	02-23944113
		印 刷 者	百通科技股份有限公司

新聞局出版事業登記證局版臺業字第 5655 號

網 路 書 店　www.wanjuan.com.tw
劃 撥 帳 號　15624015